情到深处
是诗经

张海霞 著

中国华侨出版社
北京

图书在版编目（CIP）数据

情到深处是诗经 / 张海霞著 . —北京：中国华侨出版社，
2019.10

ISBN 978-7-5113-8001-2

Ⅰ . ①情… Ⅱ . ①张… Ⅲ . ①散文集－中国－当代
Ⅳ . ① I267

中国版本图书馆 CIP 数据核字（2019）第 189284 号

情到深处是诗经

著　　者：张海霞

责任编辑：刘晓燕

责任校对：孙　丽

经　　销：新华书店

开　　本：670 毫米 ×960 毫米　1/16 开　印张：15　字数：240 千字

印　　刷：河北省三河市天润建兴印务有限公司

版　　次：2020 年 2 月第 1 版

印　　次：2024 年 2 月第 2 次印刷

书　　号：ISBN 978-7-5113-8001-2

定　　价：42.00 元

中国华侨出版社　北京市朝阳区西坝河东里 77 号楼底商 5 号　邮编：100028.

发 行 部：（010）64443051　　　传　　真：（010）64439708

网　　址：www.oveaschin.com　　E－m a i l：oveaschin@sina.com

如果发现印装质量问题影响阅读，请与印刷厂联系调换。

而立之年读《诗经》，所有往事涌上心头，爱的天空染上颜色，构架一幅画面，青草漫茵，百花盛开。我讶然，这分明就是青春的色彩呵，与诗一样美妙，与歌一样动听，像划过时空的潇潇雨歇，又像知音在深夜的一次水乳交融。

在这种情感涤荡、弥漫身心的时候，忍不住写下熟悉的故事，虽然这些故事和《诗经》错过几千年，然而仔细一品，却发现就是藏在《诗经》里的情事，与花草一起生长，与河流一并流淌，穿越虚空，缓缓而来。

我承认早已过了幻想的年纪，但是对爱的渴望始终不曾减少；对美的事物，永远怀着无比强烈的激情。这些感情如狂风吹过，吹向辽远，最后化为一滴眼泪，湿透纸背，成为爱的宣言。

于是，沿着《诗经》的芬芳，追寻着爱，追寻淡淡的清香，她们令我着迷，那种难以遏制的浪漫，使我愿意用拙笔换取内心的幸福感、孤独感、战栗感。

在不断的追寻中，仿若看到圣贤们清瘦的身影，或儒雅翩翩，或娇俏婉约，在陋室，在野外，随时随地吟唱一曲，赋诗一首。

这一刻，我好似溺水的人，抓到救命的稻草，枯萎的情感再度复活，经年的爱恋，竟然是一直为之苦苦追寻的爱的高度呀！

回眸远眺，看看一路走过的脚印，酸甜苦辣，尽在其中。此刻，放缓身心，与梦中偶遇的先贤们一起，走进自然，沿着田间小道，游游走走，终于发现，在人生的拐角处，留了一份情，这份情，曾温暖了生命。

遇上你，相知是缘分，喜欢你，不能相依是命运。

我们来到这个世界上，就是在不断地失去和不断地拥有，有时候，一个人走得太快，会错过一场缘分。有时候恰好因为走得太慢，正好遇上一段尘缘。

遇上《诗经》，遇上百转千回地爱，她像一棵树，根深蒂固地长在生命的土壤里，我无法逃避，也不愿意逃避，于是，心甘情愿地接受，这盛开着百花的美好乐园。

遇上你，相爱是偶然，相守是永远。

目录

第三辑　**身无彩凤双飞翼，心有灵犀一点通**

第四辑　**春心莫共花争发，一寸相思一寸灰**

第五辑　**可怜夜半虚前席，不问苍生问鬼神**

第六辑　**直道相思了无益，未妨惆怅是清狂**

第七辑　**梦为远别啼难唤，书被催成墨未浓**

第一辑

问世间情为何物，直教人生死相许

几千年了，那些花草依然开着。

她们自洪荒而来，一路繁华，一袭风尘。

若时光能倒流，我想回到那个年代，和她们一起，

去乡间、去田野、去山涧，

和那些花草谈一场世间最美的爱恋。

窈窕淑女，
君子好逑

关雎

　　关关雎鸠，在河之洲。窈窕淑女，君子好逑。

　　参差荇菜，左右流之。窈窕淑女，寤寐求之。

　　求之不得，寤寐思服。悠哉悠哉，辗转反侧。

　　参差荇菜，左右采之。窈窕淑女，琴瑟友之。

　　参差荇菜，左右芼之。窈窕淑女，钟鼓乐之。

——《国风·周南·关雎》

　　写诗的君子，该有着怎样的才情，才能把一首情诗写得如此婉约优雅、清新脱俗，令人百读不厌。

　　瓦蓝的天空，飘几朵棉团似的云，青山，草地，关关和鸣的雎鸠，在河中翻飞嬉戏、相互追逐。女孩用纤纤素手，轻盈地采着荇菜，腰肢似柳，柔弱无骨，黛眉如墨，黑发似瀑，真真是一个娇俏的淑女，实实在在惊艳了他。

这样的场景，当是一见钟情了。他为她夜不能寐，朝思暮想，美丽的身影时刻在心里闪烁。

爱情像一朵艳丽的花，塞满他的心扉和脑海。可是求之不得，怎么办呢？他只能这么苦苦地思念着。

经过不懈的努力，最后得到"淑女"的时候，他很开心，叫人奏乐庆贺，并以此让女孩快乐。他把对爱情的追求和得到的幸福感，灌注进笔尖，写下这首传承千年的情诗。

自古以来，爱情就是人类生生不息的精神源泉之一，它给人带来一切美好的感受，令人感到幸福和甜蜜，像诗经盛开在田野的花，几千年过去，依旧盛开不败。

春秋时，据说齐景公想把爱女嫁给晏婴。一次，景公在晏婴家饮酒，酒兴正浓时，景公见到晏婴的妻子趁机问他："这是你的妻子吗？"

晏婴回答："是。"

景公就说："是个又老又丑的妻子呀！我有个女儿，又年轻又漂亮，让她做你的夫人吧！"

晏婴离席回答："我的妻子又老又丑，是因为和我生活时间太长的缘故，原来她也是又年轻又漂亮，人都要由年轻变衰老，我妻子的变化是我亲身经历的，难道我能负心抛弃老伴，接受您的恩赐再娶个年轻而漂亮的公主吗？"

景公无语。晏婴与老妻白头偕老，一生恩爱。

被誉为"俄罗斯文学之父"的普希金，结识了莫斯科第一美人娜坦丽娅，为她的美丽和娇艳所倾倒。经过不懈努力，娜坦丽娅终于成为他的妻子。

结婚那天，普希金兴奋得欢呼："我重生了！"

然而婚后的生活令他失望，娜坦丽娅无休止地要他陪她赴宴和跳舞，普希金的创作思想火花熄灭了。

后来娜坦丽娅与一位贵族关系暧昧，普希金终以受辱的冲动与那位贵族决斗，不幸中弹身亡。

普希金曾经痛苦地对朋友说："我没有了必要的写作条件，我在社会上混，我的妻子出手又很阔绰——这需要钱，可是赚钱要靠著作，而著作需要安静的生活。"

有人说"是爱情一定甜蜜，是婚姻就一定有问题"。

钱钟书说"爱情它是一座城堡，城外的人想竭力冲进去，而城内的人又想竭力挤出来"。

在一本书上看到一则故事，说男孩喜欢一个女孩，但是连续高考两年也没有拉近和女孩的距离，大学校园隔开两个人。他打工挣的钱供女孩读书，四年后却换来一句"不合适"分手了。

他日日借酒浇愁，往日帅气的小伙子变得邋里邋遢，满嘴喷出的都是酒气，见人就说我爱你。

一开始大家对他报以同情怜悯的目光。久而久之，便不屑了。父母哀其不争，恨声连连。

后来，他远走他乡，发奋努力，经过打拼，有不小的成就。多年后衣锦还乡，拥有貌美的妻子和聪明的孩子，生活于他而言，打开一扇窗，推开后明亮无比。

有人说"人与人最远的距离，是我站在你面前，你却不知道我爱你"。这世上总有这样那样的情感难以两全。还好，他最终走了出来，活出另一个精彩的人生。

很多年前，在故乡的河畔，滋生许多青春男女的爱情。青草益然，水鸟欢歌，他们在蓝天白云下放飞思想，把青春的故事燃在湖畔。

他写信的时候坐在河边，潦草的字迹像风中飞舞的花，每一朵都落满馨香。那封信并没有飞多远，停在女孩手上的时候，她惊诧了三秒，抿嘴一笑。

他说对她的爱深入骨髓，那封信递出去后，度日如年，期待她赶紧回信，又不想要她快快回信。如果，他害怕如果，也害怕假设。

他们的爱情，以心眼可见的情愫漫延在彼此身上，他激情飞扬，她笑靥如花。

人生这条路，有无数优雅的山水，层峦叠起，群峰罗列，落在其中，把和谐的自然点缀得生机勃勃。

爱情，自远古诞生，便与山水一同生长，最后凝化成鸿蒙元液，滋润无数痴情儿女，留下一段段故事，或喜，或伤，我们读着、读着，也坠入其中。

在冬天的
深处等你来

匏有苦叶

匏有苦叶，济有深涉。深则厉，浅则揭。

有瀰济盈，有鷕雉鸣。济盈不濡轨，雉鸣求其牡。

雝雝鸣雁，旭日始旦。士如归妻，迨冰未泮。

招招舟子，人涉卬否。人涉卬否，卬须我友。

——《国风·邶风·匏有苦叶》

有一首歌《最浪漫的事》，歌词很温暖和浪漫："背靠着背坐在地毯上，听听音乐，聊聊愿望，你希望我越来越温柔，我希望你放我在心上，你说想送我个浪漫的梦想，谢谢我带你找到天堂……"

与此歌里的爱情相比，《诗经》里的女孩，是极其悲催的，她站在河边等，大清早就来了。

可是等了许久，天已经渐渐大亮了，通红的旭日升起在济水之上，空中已有雁行掠过，"雝雝"的鸣叫声显得很欢快。而她要等的人依旧没有来，她的失望在冬日里显得特别孤单，但是因为有等待的人，这份期待又充满喜悦和焦急。

在等待的过程中，她许是害羞，许是太冷，小脸被冻得通红，可是她丝毫没有在意这些。她感觉到的是，雁儿快要北飞，春天就要到来。当济水寒冰融化的时候，按照风俗习惯，就要停办嫁娶之事了，如此一来，她想要嫁给心上人，又要等很久。

于深爱的女孩而言，等待无疑是一件幸福的折磨，相思如时空绽放的花，给她一种来自心底的震颤和期待。

记忆中，有很多这样的片段，乡村的女孩扶着青草，挨着花朵，沿着种满庄稼的堤埂，快速长大。待到要出阁的年纪，便有媒婆上门了。

可是乡下有很多风俗，媒妁之言是其一；六腊月不提媒是其二。第二个习俗也不知道是从什么时候传下来的，和诗经中"济盈不濡轨"一样。不同的是一个是停办，一个是说媒，有少许区别。

那时候，村里的姑娘找婆家，基本选在春天和秋天，实在着急的，也会赶在五月底和十一月底，把亲事说成，六月和十二月可以婚嫁迎娶。

直到今天，老家这个"六腊月不说媒"的风俗依旧存在。

乡村定亲程序复杂，媒婆牵线后，七大姑八大姨陪着女孩去男方"看家"。

看完如果都表示满意，那接下来就要"过礼"。

过礼对女孩而言，是比较幸福的事儿，男方要给女孩买至少四套衣服，包括鞋子和袜子，甚至连香皂、牙膏、针头线脑等杂七杂八的都要买。

这中间且不说烟酒糖果，置礼的厚薄，就是请客吃饭也是一件讲究的事儿。过了礼后，女孩和男孩的婚事基本算是确定了。

这以后，逢年过节，订婚的两个人偶尔可走动下。但是行走时，中间需要保持距离，拉手是一件奢侈的事儿。至于亲密举动，更是不敢想。

"过礼"一年半载后，经过媒婆的如簧巧舌，婚期排上日程。在结婚的前夕，有一个"定日子"的章程。这个程序很重要，用比较直白的话说，就看男方彩礼拿多少，彩礼决定姑娘的陪嫁。

从前，日子过得艰难，彩礼就简单。

我奶奶那个年代，一般有一袋红薯干，就能娶回来一个如花似玉的大姑娘。但是也没有陪嫁，甚至连结婚穿的新衣服也没有。

我母亲那个年代，稍微好点，富裕人家扯几尺布料，贫穷人家还是拿些粮食即可。有意思的是我父母结婚穿的新衣服都是借旁人的。

到我嫂子的年代，开始有彩礼了，一两千元差不多。

我结婚的时候，需要几千块，上万元的不多。偶尔有之，能传方圆几十里。

待到现在，几十万元也稀松平常。

婚嫁随着时代的发展，程序简单了，彩礼却加重了。

每次回乡和村里人闲聊的时候，说到最多的便是彩礼，有两个儿子的人家，父母发愁，头发能急白。

《诗经》中的风雅颂，是爱情滋生的年代，那时候爱就是爱，没有附加条件。

现在，做"合卺"酒器匏瓜，变成晶莹剔透的高脚杯，细长的脚脖儿迈过千年，一切都变得世俗了。

爱情这朵花，长在从前的济水河畔，虽然冰天冻地，但是所有的美好融入姑娘的内心，就化作一道惊艳的光华，撞击心海。

等待爱情的姑娘，怀揣忐忑的相思之情，伫立河畔。她那一站，便屹立千年。

愿得一人心，白首不相离

草虫

喓喓草虫，趯趯阜螽。未见君子，忧心忡忡。亦既见止，亦既觏止，我心则降。

陟彼南山，言采其蕨。未见君子，忧心惙惙。亦既见止，亦既觏止，我心则说。

陟彼南山，言采其薇。未见君子，我心伤悲。亦既见止，亦既觏止，我心则夷。

——《国风·召南·草虫》

秋天，所有的故事进入到成熟阶段，田地里，庄稼逐渐减少；果园里，果子开始掉落；山涧里，青草开始枯黄……植物们被季节催促了一遍又一遍，陷入这一生的又一次凋零之中。

她站在秋色里，被满目的衰败包裹，蚂蚱在枯草中蹦跳，蝈蝈螺螺在叫，像是告诉人们："秋天来了，秋天来了。"

这种氛围下，她的心乱了，显得忧愁和焦躁，望着远方的地平线，暗自祈祷他能快点回来。远方很远，她望不到尽头，内心很郁闷。

为了采摘鲜嫩的蕨菜，她爬上南山那高高的山岳。依然望不见他的踪影，她心里更加难过。为了采摘绿油油的野山豆，她爬上南山那高高的山头。还是没有他的消息，她越发忧愁。

她想，如果有他的消息，即使远隔千山万水，心里终归有盼头。

可惜，她始终没有等到他的消息。于是，痛苦着。

远古时的女子感时物之变化，年岁之更迭，屡屡不见丈夫归来，忧虑，悲伤，情凄凄，意切切。她的伤穿过旷野，在广袤的土地上，这么一站，就是千年。

回想起我回故乡的时候，女人正挎着篮子去地里干活。篮子里装一把锋利的镰刀，她有三个孩子，先生在外地打工，一年回家一次，家里的活和几亩地全靠她支撑。她的脸在太阳的直接暴晒下，黑黝黝的，皮肤被风虐待，带着裂开的口子，一双原本纤细的手，皴裂得不像样。

旁人说她很能干，像男人一样，能扛能挑，娶了这样的女子，真是福气。她带着憨厚的笑，似乎经不起夸奖，越发干得起劲儿了。忙完自己家的地里活，就出去帮工，挣点零碎钱，还是和土地打交道。

那年在我家帮工，她拿着锄头，低头挖土窝儿，一上午似乎就没有直起腰，一个人做的活，足足顶两个人。

请她休息一下，她咧嘴笑着说收了工钱就要对待起这一天，混时熬工咱不干。她大嗓门，说句话隔老远也能听到。

问她为什么不和孩子爸爸一起出门挣钱，她眼露思念，说自己没有文化，除了扒拉土坷垃，别的也不知道会啥了，再说还有三个孩子要伺候呢！

说到孩子爸爸，她眉飞色舞，欢喜得很。被岁月折腾得黑黝黝的脸上，展现出小女人的羞怯。她说有时候在地里干活，看见一棵草、一朵花、一粒果，都会想起他。有时候也想打电话让他回来，不要出门了，好好守着他，像恋人那样恩爱一把。

说到这里，她不好意思地哈哈大笑，然后神色黯然，叹息一声道，总是要生活，没有钱拿什么养活几个孩子。再说年纪都这么大了，老夫老妻腻腻歪歪，会让旁人笑话。一年见一次也好，亲热，省得吵架了，说完又自顾自地哈哈大笑。

站在埂上，看她落在土地上的笑，绕过光阴的影子，竟然在地上划过一道长长的痕迹。我抚摸下，有些扎心。

在故乡辽阔的土地上，这样的她有很多。她们和遗世而立的远古时女子一般无二。守着土地，等待一个归来的男子，只有在那个他的怀里，才能感受到自己是女人，才会有安全感，才会有与植物们一起过冬的勇气和信念。

天地很大，季节很短。乡间的草叶已枯黄，新春日益临近，她们的他，应当快回来了。

樛木之爱

樛木

南有樛木，葛藟累之。乐只君子，福履绥之。

南有樛木，葛藟荒之。乐只君子，福履将之。

南有樛木，葛藟萦之。乐只君子，福履成之。

——《国风·周南·樛木》

读《诗经》，发现描写植物的文词很多，多数借物喻人，借物寄情。一件原本平常中的事情，因一种植物的出现，变得情意盎然，景致高雅。

南有樛木，说的是南方地区有很多生长茂盛的树木，这些树木中有下垂的树枝。葛藟爬上这根树枝，并在树枝上快乐地蔓延。一位快乐的君子，他能够用善心或善行去安抚人或使人安定。

通过樛木和葛藟这两种植物，比喻女子嫁给丈夫，然后为新郎祝福，希望他能幸福美满地生活。

这首诗歌里的樛木和葛藟，让我想起了两棵树，在淅川县仓房镇的香严寺院旁，有一棵挺拔的树，高耸入云，树冠庞大，一人伸开双臂，恰好环抱。一棵树并不奇怪，让人称奇的是一株葛藤，蛇一般的身躯，环绕在树干上，一直蔓延到树枝的分叉处。

这两棵树被来来往往的游客驻足观望，换来无数惊叹。被冠以"美女抱将军"之称。久而久之，凡是到寺院的游客，必定去参观这两棵树，如果没去，似乎少了些什么。尤其是那些走进围城的已婚人士，站在树下，仰望两棵抱在一起的树，总能顿悟些什么。

我觉得，夫妻就像两棵抱在一起的树，你中有我，我中有你。女人柔弱无骨，需要男人无私地拥抱和宽容。男人粗犷不羁，需要女人的细腻和温存。两个人好比两棵树，互相汲取彼此的养分，从而越来越好、越来越强，最后成了独树一帜的风景。

许多年前在南方打拼，那时候生活特别清苦。第一年刚去打工，没有挣到多少钱，除去给家里父母的生活费，交了房租后，基本所剩无几。过大年买了三条小鱼、一斤猪肉、几棵青菜，噙着眼泪，忍着思念父母、孩子的痛苦，熬过了一个大年夜。

初一那天，先生骑着自行车载着我，在异乡的巷子里转悠。南方水多，桥就多，榕树更是随处可见。在一个公园里，看到一处特别令人惊讶的奇观。一棵大榕树的树干，起码要十来个人伸开双臂才能抱拢。榕树上那些胡须般枝条垂下来扎进土地。

巨大的榕树周围，那些须状的枝条长成六根巨大的树根，围成一圈，把大榕树围在中间。

一棵榕树，七个树根，组成一处特殊的风景区。当地的老年人在榕树周围摆了香炉，磕头烧香，虔诚如斯。

我震撼地看着那一幕，听着老人们念念叨叨的絮语，一开始觉得那些老人真是太迷信了，对着一棵树跪拜什么。沉思许久，方才明了，万物有灵，草木有性。

这棵榕树历经几百年，甚至上千年的风雨洗礼，早已深入人心，它在岁月的长河里，见证生命的每一个瞬间，且不说它在历史的烽烟中存活下来，就是江南特殊的狂风暴雨，也是巨大的挑战。

它活下来了，并且让自己的须条也能扎根，长成支撑大榕树的巨根。这些是生命的赋予，是大自然的灵性。那些老人历经岁月的坎坷，更加懂得珍惜生命，珍爱生活。她们跪拜古树，是崇敬自然，更是尊重生命。

如今，再回头看《诗经》里的植物，它们在古人不断重叠的吟唱中，含蓄的表达着爱情、亲情等各种情意。正是这种含蓄和内敛，平添了诗歌的美好和高度。在岁月的长河中，让无数人研究、讨论、歌颂、赞美。

大自然中的每一种植物，都是天地孕育的精华之物。自经年而始，我们都生活在这些精华之中，不管是用来歌颂亲情，还是用来比喻爱情。我觉得，这就是莫大的幸福。

今天我们
结婚了

鹊巢

　　维鹊有巢，维鸠居之。之子于归，百两御之。

　　维鹊有巢，维鸠方之。之子于归，百两将之。

　　维鹊有巢，维鸠盈之。之子于归，百两成之。

　　　　　　　　　　　　——《国风·召南·鹊巢》

　　鹊巢，是喜鹊的家，一般搭在高高的白杨树杈上，那是喜鹊费工夫衔来的树枝，里边铺着柔软的枯草。一对蜷卧在窝里的喜鹊，亲热交颈，幸福不言而喻。

　　《国风·召南·鹊巢》，意指婚礼场景。

　　"百两御之"，是写成婚过程的第一环，新郎来迎亲，迎亲车辆之多，是说明新郎的富有，也衬托出新娘的高贵。

　　"百两将之"是写男方已接亲在返回路上。

　　"百两成之"是迎回家而成婚了。

　　"御""将""成"三个字概述了成婚的整个过程。而"子之于归"，则点明其女子出嫁的主题。因此，此诗歌三章是选取了三个典型的场面加以概括，真实地传达出新婚喜庆的热闹氛围。仅使用车辆之多就可以渲染婚事的隆重。

　　于是，我便尽力幻想，把古时候男女成亲的画面刻在脑海。一场盛大的婚礼，自迎亲，到返途，再到家的喜庆场面，一对新人在亲朋好友的祝福下，欢欢喜喜，甜甜蜜蜜，结下秦晋之好，从此比翼双飞。

　　充满温情的婚礼，好不浪漫，如同交颈的喜鹊。

　　喜鹊，是乡村最美的一种鸟，可与燕子媲美。小时候，谁家门前的树枝上有喜鹊搭窝，则被称为喜鹊临门，预示着这家将有喜事。

　　外甥的婚礼就是在喜鹊临门的时候办的，外甥骑马，新娘坐轿，披红挂彩迎来漂亮的新娘子。

　　新郎和新娘穿大红的唐装，在乡村广阔的 T 台上，进行一场古典的婚礼，还原了《诗经》里浪漫的婚嫁场景。

　　新郎用红绸拉着新娘，穿过层层祝福的人群，站在特意为他们搭的舞台上。红盖头遮住了新娘美丽的容颜，绣花鞋在长裙下露出脚尖。

　　"犹抱琵琶半遮面"，刚好应此场景，鲜艳的中国红也是陪衬。

　　司仪也穿红色绸衫，拿着话筒字正腔圆，极其煽情地开始主持婚礼。一拜苍天，二拜厚土，三拜父母高堂。苍天厚土给我们生存的空间，父母给予宝贵的生命。

　　新郎新娘跟着司仪的步骤，样样磕头行大礼。给父母敬茶，父母打赏红包，婚礼不仅浪漫热闹，而且很庄重，众多观礼的宾朋，感动得红了眼睛。

同事儿子的婚礼在酒店举行，淡紫色的背景，在酒店灯光的照射下，多了柔软，带着一种穿越时空的缥缈感。

新潮的是双方父母都在场，接受新郎新娘的跪拜敬茶。

这样的婚礼和乡村的不同，多了奢华感。

还好有爱，有爱的婚姻都是美好的，接受父母和亲朋的祝福，互相戴了戒指，揭开头纱，如同掀开红盖头，婚礼就有了古典味道。

从此，两个人和喜鹊一样，不论富贵和贫穷，相守在一起。

近几年，随着生活质量的提高，科技的发展，快节奏导致人们的思想浮躁不安，华夏民族的传统婚礼被丢之一旁，反倒是外国的教堂婚礼被请进国门。

我们在祝福的同时，总感觉少了些什么！

而今想想，却是少了民族的传统，老祖宗几千年的婚礼传承，不经意间被弃在一旁，中华文明在幸福的生活中淡薄了，朴素得只有一片白色，让我们的心也迷茫了。

幸好，现在国家重视传统教育，倡导全民阅读国学，遵循祖先遗留的文明和美好。婚礼也是其中之一，乡村率先褪去了白色婚纱，新娘子坐上传统的大红花轿，新郎骑上高头大马。

偶尔去乡下，总会撞见一次次别开生面的婚礼，抬轿的轿夫摇呀摇，喜庆的媒婆扭呀扭，红艳艳的流苏飘呀飘，映红了古老的中华大地。

冬天暖洋洋的日光，照在红彤彤的 T 型舞台上，婚礼中的外甥用秤杆挑开新娘的红盖头，新人的笑脸荡漾在一片红色的绸海中，越发帅气和俊俏。

两个人向观礼的宾朋鞠躬行礼，然后双双拥抱在一起，激动得仰天大喊："今天，我们结婚了！"

看着那对幸福的人儿，我好像回到了两千年前，那里正在举行一场婚礼，他们也是这么仰天高喊："维鹊有巢，维鸠盈之。之子于归，百两成之。"

爱的
山高水长

汉广

> 南有乔木，不可休思。汉有游女，不可求思。
>
> 汉之广矣，不可泳思。江之永矣，不可方思。
>
> 翘翘错薪，言刈其楚。之子于归，言秣其马。
>
> 汉之广矣，不可泳思。江之永矣，不可方思。
>
> 翘翘错薪，言刈其蒌。之子于归，言秣其驹。
>
> 汉之广矣，不可泳思。江之永矣，不可方思
>
> ——《国风·周南·汉广》

很多年后，我才知道，阿三的爱情竟然和《诗经》里的《汉广》如出一辙。

阿三的目光依旧多情，如情窦初开的青春少年。眼神带着淡淡的忧伤，或许是时间太久了，或许是放下了，他幽幽地笑了。

那种笑，好似划过心的海水，带给小米咸咸的苦涩。

阿三和小米一起长大，在广阔的土地上，一起干活，一起戏耍，牛羊的叫声是奏乐的音符，朦胧的情思在他心里滋生。

可是横在阿三眼前的一条无法逾越的河，那条河不长，却流淌千年；那条河不宽，却让他望河叹气。

门第观念束缚着阿三，小米家族大，像一把撑开的巨伞，遮住他卑微的心，让他在爱情面前迟疑不动。生怕一开口便丢掉心里的美好，哪怕小米是心里的女神。

他和诗经里的樵夫一般，把那个诗一样的女孩装在心里，悄悄爱着。

他幻想过无数的梦境，假如小米能嫁给他，他一定会好好照顾她、爱护她、捧在手心里疼着。可是转身又叹息，不对等的爱，难有结果。

阿三和小米终究各自沿着自己的轨道行驶，在平行的路线上，再无交集，留下一段令人心痛的爱情传说。

读到《汉广》，我想起了阿三。原来千年的故事并不是传说。《诗经》里的他和阿三的爱情模式，不断重叠，最后成了爱情的绝唱。千年了，依旧执着。

《诗经》里的他，把自己的爱，在砍柴的时候，用诗的方式吟诵出来。是多么浪漫的情节，手握斧头的汉子，在苍茫的林木中，砍一斧头，然后看看山下边的河。在河的对岸，有他心中的女神，那个长裙飘飘的女孩，青春灼灼，偶然相遇，惊鸿一闪，便长在心上了。

可是那个神女般的女孩，怎么会嫁给他呢！他的爱始终难遂心愿。情思缠绕，无以解脱，面对浩渺的江水，他唱出了这首动人的诗歌，倾吐满怀惆怅的愁绪。让千年后每一个诵读《诗经》的文人骚客，为他伤怀不已。

我曾经问阿三，既然那么喜欢小米，为什么不主动去向她示爱，也许会有希望。

阿三傻笑，自卑使他望而却步。阿三和小米太熟悉了，熟悉到了解彼此的爱好和星座，阿三是摩羯，小米是双鱼。这样的组合是非常理想的一对，到底是因为阿三的迟疑，结果谁也不是谁的谁了。

我也问过小米，对阿三什么看法。小米说喜欢呢，可是也恨着，没有胆子说出来的爱，算什么爱呢，既然如此，不要也罢。

小米说这话的时候，眼眶湿润，看得出来，她是喜欢阿三的。

时隔多年后遇到阿三，说起那段曾经，阿三惊诧之后，便是沉默。我猜想，他定是后悔了。有些爱，错过就再也无法弥补了。

二十年前台湾作家琼瑶老师的《还珠格格》被拍成电视剧，风靡大江南北，印象最深的是其中一个场景：紫薇眼睛受伤，看不见地面，不小心被石头绊倒，尔康不忍心，紫薇就一步步爬向尔康，口中说着："山无棱，天地合，才敢与君绝。"尔康动也不动，一滴泪滑落胸前，紫薇终于碰触到尔康，忍不住紧紧抱住……

元好问的一首"问世间，情为何物，直教生死相许。天南地北双飞客，老翅几回寒暑。欢乐趣，离别苦，就中更有痴儿女……"读来更是让人心酸、感动、荡气回肠。

人世间，总会遇到这样那样的故事，有悲，有喜，有情，有爱，让这偌大的世界再也不曾寂寞。

烟雨红尘因为有了这许多的情事，让每一个诞生的人儿，或轰轰烈烈，或淡淡薄薄，或浓浓郁郁地爱上一场。

姑娘就要 嫁人了

采蘋

于以采蘋？南涧之滨。于以采藻？于彼行潦。

于以盛之？维筐及筥。于以湘之？维锜及釜。

于以奠之？宗室牖下。谁其尸之？有齐季女。

——《国风·召南·采蘋》

她提着篮子，弯着腰，把一棵棵四叶草装进篮子，采完一把，再采一把。寻不到的时候，她惆怅万分，出嫁祭祀还等着祭品呢，得赶紧采。

"蘋"，好美的字眼。压根没想到，在乡下经常见到的四叶草竟然有这么好听的名字，它长在水里，有纤细的茎，顶四瓣叶子。

我吃过那叶子，酸酸涩涩，稍微有点苦。小时候和小伙伴们一起割草喂牛，四叶草也是其中之一。偶尔采一朵，放进嘴里咀嚼，牙齿下便有绿汁和酸味溢出。

四叶草好像浮萍一般，又像袖珍版的荷叶。

从前生活紧张，缺吃少穿，日子朴素得如同一杯白开水。村里的大婶大妈，总是采来四叶草，丢在大铁锅，瘦弱的面条，便沾染了绿色，多些生机。

前些年，由于工业污染，湿地积水洼的四叶草越来越少，好像绝迹了。还有许多植物，也和蘋一样，不见踪影。

随着南水北调中线工程启动，小城作为水源渠首所在地，保护环境成为重中之重。植树造林，保护湿地，在一系列措施下，生态环境得到改善，蘋，又逐渐活跃起来。

上周应邀给林业部门写一个视频宣传片解说词，从他们提供的资料中发现，蘋，如今竟然是湿地最多的一种水生植物。

有了植物，不同种类的鸟儿也栖息于此，晨起鸣歌，扑棱起一道道精美旋律，好似乐者的鼓瑟鼓笙。

对于从小采着蘋长大的我来说，再没有比这更欢喜的了。对《诗经·采蘋》便侧重偏爱。由此，不仅联想到吃过的四叶草，还莫名其妙想起一首歌《姑娘明天就要嫁人了》。

这首火热的情歌，像一股风吹进红尘，奔放激情，火辣劲爆。

让每一位待嫁的姑娘，激情澎湃。

《诗经》里的姑娘就要嫁人了，她采蘋是因为当时的风俗，嫁人前需要祭品，祭天、祭地、祭先祖。

古代人用植物祭祀，令人感到好奇，想想又觉得理所应当。在那个物资匮乏的年代，人们所食的便是山野植物，用能吃的蘋祭祀，便也不奇怪了。

　　我感叹的是祭祀这一风俗，能长久地流传下来，经过千年的演绎，并且不断变化，让每一个地域都充满神秘色彩。

　　在故乡，姑娘嫁人前，没有祭祀这一项。但是在出嫁的前一天下午，要去给已逝的长辈上坟烧纸钱。

　　当年我出嫁，在父母的交代下，一个人提着火纸去给故去的奶奶烧纸钱。据说是因为奶奶有病，才赶紧让我父母完婚，还好她见到了儿媳妇，但遗憾的是没能见到一个孙子。对我们兄妹而言，没有奶奶也是残缺。

　　那天，北风吹，树叶落，冷飕飕的，我很认真地跪在奶奶坟前，心里念念有词，大意是希望奶奶保佑没有见过面的孙女，结婚后不受欺负。

　　俗话说："上供神吃，心到佛知。"

　　摆在坟前的祭品或者火纸，是每个地域或烦琐、或简单的祭祀礼仪，都蕴积着人们对美好生活的寄托和希冀。我们那里出嫁前给祖辈烧纸钱，大抵也是这个意思。

　　二十年来，我一直在想，定是奶奶听到我虔诚的呢喃了。所以冥冥之中保佑，让我在婚后平平稳稳。

　　《采蘋》中那位待嫁的女子。她努力采蘋，认真祭祀，一切都无比虔诚、圣洁、庄重，想必也是为了明天的生活更美好吧。

　　《左传·隐公三年》写着："苟有明信，涧溪沼沚之毛，蘋蘩蕰藻之菜，筐筥锜釜之器，潢污行潦之水，可荐于鬼神，可羞于王公。"

　　或许因为这些，《诗经》里的先贤才会不惜笔墨，层次井然地叙述祭品、祭器、祭地、祭人，将繁重而又枯燥的劳动过程描写得绘声绘色，让千年后的我们，读到《诗经》的美妙，读到植物的不朽，读到人生的砥砺和升华。

　　《诗经》里的姑娘就要嫁人了，采蘋、祭祀，采蘋、祭祀，让我们一起祝福她吧！

欢
欢
喜
喜
回
娘
家

／

葛覃

葛之覃兮，施于中谷，维叶萋萋。黄鸟于飞，集于灌木，其鸣喈喈。

葛之覃兮，施于中谷，维叶莫莫。是刈是濩，为絺为绤，服之无斁。

言告师氏，言告言归。薄污我私，薄澣我衣。害澣害否？归宁父母。

——《国风·周南·葛覃》

一个"葛"字，勾起兴致。读之，心思翻飞，仿若看到一位身穿麻衣的女子，在清幽的山谷中采葛，一株又一株的藤蔓，攀爬在粗大的树干上，绿油油的叶子像油纸伞一般，给采葛的女子遮阴。她时而割藤，时而扶额擦汗。鸟儿从这棵树上到那棵树上，扑棱棱的拍翅声和清脆的鸟鸣，似空灵的清音，在山谷中一声声划过，留下恬淡的、悠远的回音。

《诗经》中采葛的女子，就这么迎面走来，好像在我的眼前。她羞怯万分，低头颔首，弯腰施礼，施施然告诉人家，她采葛、割藤、蒸煮、纺织，只为织布做衣，洗洗换换，干干净净、漂漂亮亮地回娘家。

清雅的山谷，美丽的植物，所有的辛苦忙碌，都是为了"回娘家"。读之末尾，心思豁然，身为已婚女子，深以为感。对嫁出去的女子而言，回娘家莫过于是最柔软的事了。古时的女子如此，现代女子也如此，对于生养自己的父母，时刻牵挂在心头。

忽然想起来一首歌："风吹着杨柳嘛，唰啦啦啦啦啦，小河里水流着，哗啦啦啦啦啦啦，谁家的媳妇，她走呀走地忙啊，原来她要回娘家，身穿大红袄，头戴一枝花，胭脂和香粉她的脸上擦，左手一只鸡，右手一只鸭，身上还背着一个胖娃娃呀……"整首歌听来欢喜极了，把一个嫁出去的女儿描写得活灵活现，她的心情，她的装扮，无一不展示回娘家的激动和开心。

下雨淋湿了鸡鸭，破坏了精致的装扮，生怕回家母亲看到狼狈的一幕，矛盾的心理转换，恰恰说明了一个女儿最细腻的一面，对娘家人"报喜不报忧"。不管内心有没有委屈，对娘家人说的永远是自己很幸福。

小时候二奶奶总给我讲"回娘家"的事儿。说当初我奶奶和她一前一后嫁给我爷爷和二爷。都是十几岁的年纪，想回娘家要提前好些天酝酿，扭扭捏捏地先跟自己丈夫说，得到丈夫允许了，再去跟婆婆说。旧社会婆婆当家，据说我的老奶奶还很凶。我奶奶生性厚道、软弱，说话都不敢大声。好不容易鼓足勇气走到婆婆身边，却被一个瞪着的眼神给吓回去了。一年半载难得回趟娘家。

二奶奶性格泼辣，倒是敢说一些，可是依旧迈不过出建社会的大趋势。她们千般乞求、万般等待，终于得到婆婆松口。娘家让回了，却不是白白回去的，得带着任务，那就是在回娘家的这段时间中，给家中的每个人做一双鞋子。

背着一包袱做鞋子的原材料，踮着半大的小脚，两个嫁出去的女子一人朝东，一人朝南，开开心心地回娘家了。回到家里，喘口气后，便开始整理做鞋子的东西。一个人在十天八天内怎么也完成不了一家人的鞋子。于是，娘家总动员，姐姐妹妹全部加入到鞋子的行列。待到规定回婆家的日子。一个人又背着一大包袱鞋子，喘着粗气，不敢歇息地回来了。

对她们而言，回娘家竟然是一种奢侈，但就是这种奢侈，让她们倍感珍惜，也许回娘家的前夕，抑或很多天，都会兴奋得睡不着觉。就像《诗经》里的女子，她为了回娘家，采葛、割藤、织布、煮衣服，提前好多天只为准备那一日。

除了感慨还是感慨，同为已婚女子，我庆幸出生在社会主义新中国，拥有旧时代女子没有的特殊待遇。我们不仅可以随时随地回娘家，甚至于常年居住娘家也是正常的事情。与前几代人相比，这真是幸福得不能再幸福了。

草木生

木瓜

投我以木瓜，报之以琼琚。匪报也，永以为好也！

投我以木桃，报之以琼瑶。匪报也，永以为好也！

投我以木李，报之以琼玖。匪报也，永以为好也！

——《国风·卫风·木瓜》

初冬，秋的景色还驻留着！特别是红枫和银杏，红和黄，炙热得很。小城周边多山，所以无论眼睛看向哪里，都是美妙。

工作的地方恰好栖居在山脚下，楼房沿山而建，便有了阶梯感。绿化带也是逐层，高高低低，于是，视线里便是满满的颜色。

院子里的海棠果，红得剔透，摘一颗，轻轻咬一口，酸酸涩涩。金灿灿的香橼格外显眼，迎头看它们，它们正好低着头看我，咧着嘴笑，好像一个个可爱的胖娃娃。

木瓜的清香老远就飘过来，青中带黄，黄中染青，把季节点缀得格外美丽。看到木瓜，便会不由自主地想起《诗经》。真没想到，挂在树上的椭圆形果子，竟然能作定情的信物。

开始羡慕古人的爱情，那么浪漫，长在草木之中，每一天都有瓜果的清香揽在怀里。

你赠送给我的是木瓜，我回赠给你的却是佩玉。这不是为了答谢你，是求永久相好呀！

你赠送给我的是桃子，我回赠给你的却是美玉。这不是为了答谢你，是求永久相好呀！

你赠送给我的是李子，我回赠给你的却是宝玉。这不是为了答谢你，是求永久相好呀！

此诗中表达的"你赠给我果子，我回赠你美玉"，与"投桃报李"不同，回报的东西价值要比受赠的东西大得多，这体现了一种人类的高尚情感。

这种情感是心心相印，是精神上的契合，因而回赠的东西及其价值的高低，在此也只具有象征性的意义，表现了诗人十分珍惜她对自己的情谊。

一句永远相好，胜过无数句海誓山盟。无论是木瓜、桃子、李子，但凡草木自天地初开，便汲取大自然的日月精华，吸纳世间灵气，蓬勃生长千万年之久。

所以，世间草木皆有灵性，比如：传递爱情的木瓜，以及桃子和李子，还有其他诗中的花花草草，它们生生世世轮回，从来都不曾褪色。

很多年前，我和一位同龄的女孩在外地打工。当时我已经进入围城，开始围着孩子和尿布打转。那个女孩却恰好步入人生最浪漫的光阴，正在热恋之中。

有一天，她满脸欢喜地拿着一支殷红的玫瑰回来，不停地用鼻子嗅着花香，幸福四射。

那是我第一次见到玫瑰，按捺不住好奇凑过去闻了闻，虽然玫瑰花上的确有一种淡淡的香，但是绝对不够浓烈。

十块钱一支的玫瑰花，抵我一天的工资。于我而言，买那支玫瑰花真是太不划算，十块钱够买好几袋盐、几十斤大萝卜呢！

女孩看我一眼，什么也没有说。不过，还是从她的眼角看到了一丝的失望。

许多年后，当我的心处于淡然时，不再为一日三餐颠沛流离时，花草也被摆上日子，在院子里种一棵栀子、几棵月季、虞美人一小片、夜来香好些，它们自由生长，从来不会破坏我的好心情。

每次闭上眼睛，微微嗅着花草的时候；当我捧着木瓜，吟读《诗经》的时候，终于体会到女孩当年的心情。

花木的好，不仅是色彩艳丽，抑或花钱买来，而是它自土地上诞生时，秉承万物生长法则，穿越无数年华，与天地一样厚重。

我们能捧着花草，在植物中徜徉，是一件多么幸运的事。

我终究是懂了，还好没有迟到，就像现在，每天漫步草木之中，赏了菊花，观了月季，嗅了紫薇，亲了木瓜。

我看着，记录着每一株草木，在季节里演绎岁月的故事。从发芽，到结果，一次次翻转，蜿蜒成岁月里的诗篇。

花香飘过 已千年

桃夭

桃之夭夭，灼灼其华。之子于归，宜其室家。

桃之夭夭，有蕡其实。之子于归，宜其家室。

桃之夭夭，其叶蓁蓁。之子于归，宜其家人。

——《国风·周南·桃夭》

最近看一部玄幻修仙小说，里边的女主叫"夭夭"。在作者的笔下，这个名叫夭夭的女孩可谓美貌与才气集于一身，五官精致得挑不出一点瑕疵，眉目似水，冰清玉洁，倩影修长纤细，宛如从画中走来，给人带来空灵惊鸿之感。

我一直在想，作者给小说中的女主取名字的时候，是不是刚读过《诗经》，还是他认为"夭夭"二字本身就是美丽的化身。

"桃之夭夭，灼灼其华。"看到这句话，就忍不住浮想联翩。"之子于归，宜其室家"，那个生得和桃花一般美丽的女孩，就要嫁人了，把欢乐和美好带给她的婆家。这种情绪不仅让读者看到一个美丽的女孩，还感染着读者，沉浸在幸福和快乐之中。

一首诗，传承不朽，以唯美温润着每一个热爱生活的人。

清代学者姚际恒评论此诗："桃花色最艳，故以喻女子，开千古词赋咏美人之祖。"从古至今，漂亮的女子总是受到超常的宠爱，文学更是不吝笔墨，推波助澜。无论是"去年今日此门中，人面桃花相映红"，还是"玉腕枕香腮，桃花藕上开"，读起来总不如"桃之夭夭，灼灼其华"更意浓神近，耐人寻味。

读几遍后，眼前会浮现一幅画卷，在桃花盛开的时候，摇曳艳丽的桃花，婀娜多姿的桃枝，似乎有醉人的馨香随风破卷，扑面而来。

画面中有一位娇俏的女子，两颊飞红，面带羞涩，目光躲闪，却又忍不住兴奋的顾盼，在夭夭桃实、灼灼花枝的衬托下，人若桃花，两相辉映，怡人的快乐涌上心头，读者甚至可以听到女子的心声："今天我要嫁给你啦，今天我要嫁给你啦……"

芝兰出嫁的时候，也是灿烂的春天，桃花开得正好，粉红色的花瓣飘在故乡的桃林中，丹江水叮叮当当，为花朵作曲。她穿枣红色的旗袍，高跟鞋有些高，踩在泥土路上有点趔趄，两个接亲的喜娘一左一右搀着。

接亲的轿车一字排开停在路边。待芝兰坐在轿车离去的时候，带起一阵风，吹落几许花瓣。她化了妆的脸，明媚得很。大眼睛扑扇扑扇，娇羞中透着窃喜。

我无法深入她的内心，却感受到了新娘子的幸福，和桃花一样，热烈着。

表弟媳妇从安徽嫁过来的时候，正是各种花开得正旺的时候。花骨朵一般的女孩，小巧玲珑，穿白色婚纱，头纱垂下，影影绰绰遮住了脸，犹抱琵琶半遮面，当是那样的情景了。

女孩贤淑，小脸精致，一笑露出两个小酒窝。她说普通话，柔声细语，从来都不大声。她吃米饭，米粒好像放在嘴里的花，轻轻咀嚼，极其优雅。许多年了，依然温润得很。

乡下的故事中，女孩嫁人是其一。每个女孩坐进轿车走向另一个家的时候，心中都装着憧憬和美好。她们比桃花还艳丽，灼灼光华，养眼极了。

我嫁人的时候，桃花没开，灼灼其华结在霜花上，映照一段历程。

那天，亮晶晶的霜花儿落在枯草上，白莹莹，比头发丝还要纤细的粒状霜花，紧紧贴在枯草的叶子上，狗尾巴花的顶上、地上卷曲的干叶子上也有一层。最好看的是玻璃窗子上的，形态各异的霜花好像画家故意画在上边，造型各异，形态万千。

我穿大红衣服，戴鲜艳头花，倚在窗户前，盯着那些霜花。细密的花儿，好像针尖画出道道痕迹，精雕细琢成一幅水墨，镶嵌在玻璃上，摸一下，再摸一下，指尖划过一丝凉气，恰如时光深处的涟漪，触动心扉，灿烂出嫁。

桃花、霜花，抑或是其他的花，各种草木在季节中无忧无虑，它们诞生旷野，成长于自然，携裹着青丝爱恋，从远古到现代，势如破竹，扫去一切障碍，把爱情书写得荡气回肠，成为史诗神话。

第二辑

锦瑟无端五十弦，
一弦一柱思华年

日子穿越时空，以全新的面貌出现，
花草也好，山河也罢，
在历史面前，一切都是缘分的前世和今生。
选择大爱，选择善因，
千年后，即便是回忆，也美好。

诗经花草
知多少

卷耳

采采卷耳，不盈顷筐。嗟我怀人，寘彼周行。

陟彼崔嵬，我马虺隤。我姑酌彼金罍，维以不永怀。

陟彼高冈，我马玄黄。我姑酌彼兕觥，维以不永伤。

陟彼砠矣，我马瘏矣，我仆痡矣，云何吁矣。

——《国风·周南·卷耳》

最初读《诗经》，字也没认全，囫囵吞枣，什么也不懂，看一眼，也就过去了。

而立之年再读《诗经》，很多字依旧不认识，但是发现它和生活如此接近，而我也总是被一些意想不到的事物惊吓到了。比如《卷耳》，怎么也没有想到，乡下再普通不过的一种绿植，竟然被写进《诗经》，千古流传，让人心神震荡。

这首《卷耳》在诗经中排列靠前，随手点开后，便沉溺其中。

诗中采卷耳的是一位思念丈夫的女子，她采了一筐卷耳，因思念丈夫，便弃置路旁，而后的惆怅、忧伤、无奈，让人不得不感叹，一位女子对丈夫的思念和爱恋。

感慨之后，我想到的是乡下，那块我出生成长的地方。在那里卷耳不叫卷耳，大家都叫它"苍莨菪"。小时候，这种绿植太多了，满山遍野。

春来，一场春雨浇透大地，最先冒出两瓣叶子的便是它，苍莨菪的两瓣叶子和凤仙花的两瓣叶子是一样的。而我们也总是分辨不清，曾多次把苍莨菪误认为凤仙花，移栽到花盆中，待到第三、第四，第五、第六瓣叶子长出来，才能分辨出苍莨菪和凤仙花叶子的区别。

苍莨菪太多了，而且味道不怎么好闻，所以不招人待见，在乡下，这种绿植牛羊都不吃。书中说它可以食用。我吃过很多种野菜，唯独没有吃过苍莨菪，也没有见过旁人吃。

不过查了资料，得知苍莨菪籽却是可以入药的。曾经和一个老中医聊天，他说自然万物，不仅天生地长的绿植，就是小孩子的尿，成人的粪便，都能治病。想想也是，大自然是人类赖以生存的根本，在很久的从前，祖先不都是靠这些绿植入药治病嘛！

《诗经》中采卷儿的妇人，她的丈夫远行在外，他正行进在崔嵬的山间。留下她形单影只，一种无奈的忧伤，在采卷耳的时候，全部迸发出来，让她惆怅不已。

印象中，苍莨菪的叶子很大，蒲扇型的叶子上带着细绒绒的毛，用手摸，有粗糙感。已经记不得它的花长什么样子，唯一难忘的是它的果实，椭圆形的小小果实，像刺猬一般，浑身长刺，青果的时候，刺是柔软的，放在手心，会有痒痒的感觉。成熟的果实扎手得很，那些褐色的果实，不敢触碰，一不小心，便沾得满身都是，又扎又痒。

童年，和小伙伴们一起疯摘苍莨蓲，男孩子总是趁我们不注意，一把苍莨蓲撒到头发上，无论多么漂亮的头发辫子，也被摧毁到极致。

那些苍莨蓲也是无孔不入，打泥的猪从它们中间穿过，带着厚厚泥浆的身上，便沾满了苍莨蓲，急得它们满地打滚，那些带刺的家伙，却随着它们的滚动，沾得越来越紧。

游泳过的鸭子、鹅，一摇三晃，路过苍莨蓲丛，一趟下来，羽毛上也沾满了苍莨蓲籽。还有牛羊，凡是长毛的动物，都逃不过苍莨蓲籽的虐待。这好像也是苍莨蓲的一种手段，只有这样，它们的籽才能被运载到远方某个角落，生根发芽，开辟新的生长空间。

小时候，苍莨蓲籽的存在，好像就是为了捉弄人似的。最要命的被娶进村的新娘子，闹洞房的人可劲儿地闹新娘子，一把一把苍莨蓲籽揉到新娘梳理得漂漂亮亮的头发上，甚至被塞进了衣服里，原本幸福得一天，却成了悲催的一天。洞房花烛夜，那些美丽的新娘子，被丈夫笨手笨脚地摘去头上的苍莨蓲籽，头发都被揪掉了不少。

尽管如此，大家依旧是欢喜的，不管是沾在身上的苍莨蓲籽，还是沾在头发上难以摘掉的苍莨蓲籽，都是刻在心上的记忆，那里边融合了童年的欢乐，承载了少年的友情，更是增加了爱情的温度，那双大手，一遍一遍抚摸过柔软的青色，日子竟然这般美好。

卷耳，从远古走来，尽管其中的细节不尽相同，但那些思念都是历经沧桑，让我们在畅怀古人的同时，也感叹绿植的生命力，穿越千年，还是那么青葱。

十
亩
之
间

/

十亩之间

十亩之间兮，桑者闲闲兮。行与子还兮。

十亩之外兮，桑者泄泄兮。行与子逝兮。

——《国风·魏风·十亩之间》

　　我是摘桑葚的时候，想起这首古诗的。那日恰好立夏，和友人一起去了一个名叫"寺湾"的乡镇。那个地方，以养蚕而富裕，以养蚕而出名。

　　午饭后，一场雨迎面而来，按捺不住心里的窃喜，迎着雨去了一处桑树林，隔着车窗便看到肥厚的桑叶，绿莹莹的在雨中摇曳。迫不及待地下车，紫红的桑葚，就这么撞进视线，欢呼一声，喜悦到无法控制情绪。

　　桑树很多，何止十亩，无论是沟沟坎坎，还是大片整齐的田地，都是绿油油的叶子。我站在路边，不需要借助任何家伙什，只需要抬手，就能摘到紫红的桑葚。桑葚长得奇怪，和其他的果子不一样，长在枝头或叶间，它挂满整个枝条，或三个，或两个，或四五个凑成一堆，成熟的紫、半熟的红、不熟的绿，它们簇拥在一起，让整个枝条硕果累累。

我摘桑葚，捡最大的、最紫的摘。经过雨水的清洗，桑葚皮表上带着油亮的光泽。紫红的桑葚，一经入口，*丝丝酸*，*丝丝甜*，通过口腔送入腹内，于是，心扉都漫延着桑葚的酸甜。

因下雨，不见采桑叶的农人，偶有几个摘桑葚的，打着雨伞，在地里大惊小怪。妇人们欢快的声音，和红绿相间的人影，让一个桑园灵动无比，我的脑海就冒出了《诗经》中的《十亩之间》。

千年里，在一片很大很大的桑园里，年轻的姑娘们采桑多悠闲，她们一道唱着歌儿回家。在相邻一片很大的桑园里，漂亮的姑娘们采桑多悠闲，她们一起说说笑笑往家转。

情景何其相似。她们采桑叶养蚕，心情好得出奇，一边采一边唱着歌儿。我们摘桑葚，亦是欢呼雀跃。千年前的采桑情景，和千年后的摘桑葚场景，不断重叠，不断交替。我在绿色的光影中，畅想遨游。

犹记得儿时，村里只有一棵桑树，长在四姑家的厨房后，树冠已经高过房顶。四姑本来远嫁外乡，但是丹江大坝的建设，她的村庄要移民。四姑又回到故乡，被冠以"投亲靠友"。不晓得四姑家咋就长出一棵桑树，每年立夏前后，桑树结了桑葚，为了一饱口福，我们经常在四姑家房子前后转悠。

有时候趁四姑不注意，抱着树，噌噌地爬上去。那会儿，似乎从来没有吃过长紫的桑葚。桑葚还是浅红色，酸得涩口，就这也不影响大家对桑葚的喜爱。有些淘气的孩子，拿石头瞄着树枝打，用棍棒敲，这些家伙什不长眼，经常落在四姑的屋顶上，茅草屋经不起这些砖头瓦砾的肆虐，被砸出一个又一个破洞。

善良的四姑恼怒了，她拿着棍子站在树下，大声呵斥，吓得还没有靠近桑树的我们四散而逃。尽管这样，依旧不影响我们偷摘桑葚的乐趣。

大家总结出一条又一条摘桑葚的经验。三五个孩子，明确分工，一个放哨，一个爬树，一个站在四姑家门口，盯着四姑家的人什么时候出来，留两个在树下捡。那些或浅红，或青的桑葚，被我们像捡到宝贝一样捡起，装进瓶子里，灌上井水，放几粒糖精，倒上一丁点醋，酸甜的凉水似乎就染上了桑葚的味道。

读小学的时候，邻村的村子比较大，桑树也多。有个同学从小残疾，两腿弯曲，走路一跳一跳，模样长得也吓人。大家都不愿意和他玩。有一天，他竟然从书包里掏出一把一把泛着红的桑葚，那些好像虫子的桑葚，极大地吸引着味觉。于是一班同学蜂拥而上，争着抢着把他的桑葚弄到自己的瓶子里。

读小学那几年，每每到吃桑葚的时节，残疾同学就用这样的方式，迎来大家的追捧。他瘸着腿，一跳一跳，把桑葚挨个儿分给同学们。大家说谢谢的时候，他只是咧着嘴巴，傻乎乎地笑。

许多年后，我在寺湾镇，见过千亩桑园，那是地方政府打造的示范基地。桑树枝条绿得耀眼，被修剪得矮矮的，我蹲在地里摘桑葚，吃桑葚，手被染紫了，嘴巴也被染紫了。

时隔几年，我再次来到这片种植桑树的土地，入眼的还是那么绿，村庄在绿叶的衬托下，显得绿意盎然。

我一边摘桑葚，一边想着《十亩之间》。无限的拓展思维，我甚至想到了华夏的始祖嫘母，发现桑蚕，教人们养蚕，才有了丝绸的诞生。中华丝绸泽被古国、惠及全球，在中华和世界文明史上，都写下了极其光辉灿烂的篇章。

而今我所站立的这块土地，虽然很小，但是因桑蚕而享誉中原。这里的农人采桑养蚕，把日子过得红红火火，像柔滑的绸缎一样，让人艳羡的同时也欣慰得很。

人生的山水
寂寞着

柏舟

泛彼柏舟，亦泛其流。耿耿不寐，如有隐忧。微我无酒，以敖以游。

我心匪鉴，不可以茹。亦有兄弟，不可以据。薄言往愬，逢彼之怒。

我心匪石，不可转也。我心匪席，不可卷也。威仪棣棣，不可选也。

忧心悄悄，愠于群小。觏闵既多，受侮不少。静言思之，寤辟有摽。

日居月诸，胡迭而微？心之忧矣，如匪浣衣。静言思之，不能奋飞。

——《国风·邶风·柏舟》

真是心疼她了，该有多么寂寥和痛苦，才能一个人辗转反侧，借飘荡的木船来抒发内心的抑郁。我以为，一个女子如果不是痛苦到极致，是不会轻易揭露自己内心伤疤的。

更让人心疼的是，她的痛苦无人理解，想找一个分担的人也没有，娘家兄弟也不能理解，反而因此再添新愁，生活于她而言，当真是苦闷极了。

以前，在故乡经常发生一些娘家出气的事件。基本是嫁出去的姑娘受气了，娘家兄弟气势汹汹地跑过去给姊妹出气。轻者，弄清事情的原委后，批评男方几句。甚者，砸锅砸碗，搞得一塌糊涂。最后，便不是夫妻两个人的事，而成了两个家庭的大事件。

有一年，邻村小夫妻俩生气，结果那女子一气之下，上吊自杀了。娘家人得知后，大半个村子的人都去出气，掀了锅台，砸了家具。闹得不可开交，堵着棺材不让埋人，最后惊动派出所。

敬佩《诗经》里的女子，尽管她苦闷多多，还无处倾诉，但是她自强自立，虽然她不容于人，但是谁也不能夺她意志，她告诉自己一定要保持自己的尊严，决不屈挠退让，其意之坚，值得读诗的我们学习和敬仰。

生活在俗世，不可避免地会出现一些杂七杂八的事。每个人对待处事的方法都不同，看开的人说宰相肚里能撑船，看不开的人意志消沉，最后泯灭于人海。

有一位好友，在微信窗口留言，说烦心事多。待我问及，一句一言难尽，便不再言语。

后来相见，谈及此事。她欣然一笑，说原本是想找我诉苦的，后来感觉不妥，怕她的伤感情绪传染给我，就没有多说了。她说她自我调理心情，大是大非地想了一遍。觉得在人生大舞台上，自己的这点小心事，连朵浪花都算不上，岁月如流水，何苦跟自己较劲。

梭罗说"唯有我们觉醒之际，天才会破晓。破晓的，不止是黎明。太阳只不过是一颗晨星"。

在人生中遇到挫折的人们，当以轻松的心面对，人生一世，草木一秋，该经历的总是要经历。能够面对，也就坦然。

坐在光阴的台阶上读《诗经》，既同情《诗经》中女主的遭遇，也感慨活着的不易。人生就是在纠结中不断轮回，烦恼、痛苦、忧伤、快乐、喜悦，等等，所有的情绪就像一盘细沙，组成五味杂陈的生活。

让我最欣慰的是，《诗经》的女子才华灼灼，能把忧伤的心事，用这么美好的诗歌吟诵出来，语言凝重而委婉，感情浓烈而深挚。

一首诗，运用多种修辞手法，比喻更是生动形象，"我心匪石，不可转也；我心匪席。不可卷也"。精彩极了，让后世写诗的诗人，激情澎湃，引用多处。

我敬佩先贤，也喜欢她的诗歌。

植物的美妙

芣苢

采采芣苢，薄言采之。采采芣苢，薄言有之。

采采芣苢，薄言掇之。采采芣苢，薄言捋之。

采采芣苢，薄言袺之。采采芣苢，薄言襭之。

——《国风·周南·芣苢》

从来没想到车前草竟然有这么一个好听的名字"芣苢"。翻看《诗经》，看到这两个字的结构，便不由得喜欢，看了拼音，才识得它的读音。读了释意才明白，芣苢就是车前草，那是一种熟悉得不能再熟悉的绿植了。

整首诗读来，似乎都是在重叠，唯有后边几个字的变化。让人由不得沉入其中，幻想一些事儿。诗中的采芣苢、采芣苢，带着小欢喜、小兴奋，让人的情绪随着诗词调动起来。

芣苢，在我心里，它的名字应该叫"车前子"。乡下遍地都是，它的用途很广泛，苗子嫩的时候，被我们挖回家，除水分后凉拌吃，抑或当下锅菜、下面条。最常用的一种是当作"药引子"。即医生开好的药方里，需要它做一个引子，放在药里，加强药的效果。

还有一些人挖了车前子，摆放在窗台上晒干，说是泡茶喝。

能让我记着车前子，而且对其印象深刻，念念不忘，源于二哥。有一次二哥病了，父亲抓了药，医生说需要车前子做药引。父亲放下药，让母亲熬，他着急慌忙喊我去挖车前子。

我不明所以，不懂二哥生病为什么要用车前子，父亲心急，懒得和我解释，抓起一把镰刀就朝村前跑，在村前的地埂上，从来不割草的父亲，像寻找宝物一般，低着头在地埂上寻找。

对于经常割草的我来说，车前子再熟悉不过。噘着嘴巴跑到河边的堤岸上，我知道那里车前子最多。车前子的根是直长的，根茎很短。叶子像莲花一般盛开，那些椭圆形的叶片或平卧、或斜展、或直立，花长得奇怪，花茎好似很细小的花。

乡村花太多，以至于我从来没有注意过车前子的花，印象中只记得那一根根花茎上的絮絮，什么颜色也没有概念了。

用镰刀将车前子连根挖起，待父亲用篮子装上，回家后洗洗干净，放进药罐中。嗅着那些苦苦的中药，我第一次知道车前子原来可以入药。

读了《诗经》中的《芣苢》才晓得，在很久很久的从前，这种古老的植物已经被人们广泛应用了。那些绿绿的植物，还有治疗不孕不育的功效。想想也是，《本草纲目》记载，草木皆入药。每一种植物都是独特的，都有不同的药性。它们生于空旷的自然，吸纳天地灵气，吞吐精华，最后孕育成精灵，为人们做出自己的贡献。

《诗经》中采芣苢的场景很大，那些挎着篮子的女子，采呀采，采呀采，一片一片摘下来，一把一把捋下来，最后多得没有地方放了，掖起衣襟兜回去。这样的场景，和我儿时的故乡何其相似，村子里大婶大娘，在各种绿植返青之后，头上裹了毛巾，胳膊上挎着篮子，便兴冲冲地出门去。春天，放眼看去，山坡上、地埂上、河堤上，到处都蹲着人影。

她们左手提着篮子，右手拿着镰刀，见到能吃的野菜便挖出来，搋搋根部的土，用嘴吹吹叶子上的浮灰，然后才放进篮子。在众多的野菜中，芣苢便是其中的一种。那时候，我并不知道它拥有这么优雅的名字，而是习惯于叫它车前子。

童年的青黄不接，我们全凭这些生在野外的野菜果腹，因有了这些绿植，生活才有了盼头。

我能想象到，《诗经》里的古人们，她们采芣苢的兴奋。天空是晴朗的，空气是清新的，大地是绿色的，一棵棵车前子在草丛中随风摇曳，她们采起一棵，又采起一棵，日子似乎就多了一棵棵不同的味道，生活便荡起了层层涟漪，那些，那些，全是对美好生活的期盼和挚爱。

草木染，
甘棠甜

甘棠

蔽芾甘棠，勿翦勿伐，召伯所茇。

蔽芾甘棠，勿翦勿败，召伯所憩。

蔽芾甘棠，勿翦勿拜，召伯所说。

——《国风·召南·甘棠》

　　我是极熟悉甘棠的，单位有好些棵，树干还很小，属于幼苗时期，我去上班的第一个秋天，结满褐色的果子，人来人往，没有人多看它一眼。我摘一个尝尝，带着淡淡的苦涩。

　　小城外，有个新开发的植物园，春天去采风的时候，看到大片的甘棠，一排排，一行行，整整齐齐，开着粉红色的花。花朵娇俏，带着渐变色，和虞美人有一拼。花朵大团，和木槿花也有相似之处。

　　据园艺工人说，这里的甘棠是嫁接后的，甘棠果大些，成熟了，吃着很甜。

我的记忆中，也有一棵甘棠树，它长在外婆家的院子里，只有一棵，树干光滑，有碗口粗细。印象里，那棵树上长满弹珠那么大的果子，成熟后的果子呈褐色，咬一口，酸酸甜甜，比单位的甘棠好吃。

只是那果子太小，里边还有籽，外婆的孙子们不太喜欢这种果子。于是，那些果子便一直长在树上，被过往的鸟雀啄食。

多年后读《甘棠》，忽然发现，原来这种果树是用来怀念的。

《诗经》里的人怀念贤德的召公在甘棠树下对众人的教化，对他的德政教衷心感激，便由思人到爱物，对甘棠树的一枝一叶，从不砍伐、不毁坏到不折枝，可谓爱之有加，对召公的感激达到一种至高的境地。

而我读到这里时，脑海里出现的却是外婆的身影，那个从旧社会走出来的小脚老太太，她用一种超越本身的力量，托起儿女们的一生。她没有做过惊天动地的大事，却像神祇一般驻扎在我心里。

从记事起，外婆就是一个老人，她个子很矮，也很瘦。皮肤黑，脸上有许多像绳子勒出来的皱纹。牙齿脱落，只剩下几颗大牙，于是她的嘴巴有些凹陷。就这样也丝毫不影响她说话的声腔和喊外孙的力度。

我家和外婆家隔着一条河，距离大概二里左右。因家里没有老人，母亲经常把我们托付给外婆带着。兄长们性子跳脱，往往不能待在外婆家，而跑回河对岸的家里，在村子里疯玩。

吃晌午饭的时候，外婆找一圈不见外孙们。她便颠着小脚，朝河边跑去，可能是脚小，走路有些晃。

　　她经常穿粗布蓝色带大襟衣服，腰间围着带补丁的粗布蓝花围裙。现在想想，外婆当时的衣着打扮很时髦，和抗战电视剧里的老太太装扮大同小异。

　　外婆站在地势高的坡上，双手围成喇叭形，放在嘴边，没有牙齿漏风的嘴，在此时显得异常强大，声音洪亮，穿过我们村子后面的小河，飞越到村子的各个角落。

　　外婆挨个喊兄长们的名字，一遍又一遍，先喊名字，接着喊吃饭了。以至村里人都能听到，外婆又在喊外孙了。

　　外婆听到村子里传来响应，看到几个顽皮的身影朝她奔来。满意地放下手，习惯性地在腰间的围裙上擦擦手，取下搭在肩膀上的烟杆，摸出挂在裤腰上的烟叶布袋，烟袋锅子装一锅子劣质烟叶，火柴点燃后，用力吸一口，然后重重地舒口气，吐出一股烟雾。烟锅子在外婆的眼皮下，一闪一灭，直到兄长们喘着粗气，站在外婆跟前。

　　外婆喜爱植物，偌大的宅基地上长满各种草木，枣树居多，桃树两棵，梨树两棵，一棵皂角树最古老。编筐子的荆条一兜一兜，一架刺玫有两间房子那么大。野菊花围着院子长，苜蓿花开满地表。

　　甘棠在众多的树木中，算是比较年轻的。母亲说，那棵甘棠是她小时候的最爱。等到我们吃果子的时候，却嫌弃甘棠太小了。

　　我不确定外婆家的"甘棠"，是不是《诗经》中的"甘棠"。我想，所有用来怀念先贤和亲人的草木，都和甘棠一样，甜中透着淡淡的酸。

　　或许，这才是甘棠的味道，和《诗经》中一样。

传承一脉　延续古今

螽斯

螽斯羽，诜诜兮。宜尔子孙，振振兮。

螽斯羽，薨薨兮。宜尔子孙，绳绳兮。

螽斯羽，揖揖兮。宜尔子孙，蛰蛰兮。

——《国风·周南·螽斯》

有些羡慕蝈蝈了，它竟然是从《诗经》里走来的。两千年了，还是这么生龙活虎，生命力旺盛得不像话。我还羡慕它有这么好听的名字，螽斯，螽斯，温润，儒雅，好像一位帅气男士的尊称。

蝈蝈，小小的昆虫，长有两条长长的触角，它蹦着、蹦着，落在草丛里、叶子上，有时候被我们这些淘气的孩子捉住，放进罐头瓶里，看它们在其中如同无头的苍蝇团团乱转。

只是没想到，乡村到处乱蹦的蝈蝈，是《诗经》里的"螽斯"。它们好像人一样，世代繁衍，源远流长至今。

尤其现在，感触特别深，这两年参与家族内修家谱一事，对传承多了深入了解。像我家先祖，五百多年前自山西洪洞大槐树迁徙至此，由最初的先祖一人，繁衍至现在的几千人，可谓多子多孙，和螽斯一样，子孙多又多，家族正兴旺。

以前不明白乡下人为什么重男轻女的思想那么严重。参与修家谱之后，也算是对此掌握一二。

俗话说"嫁出去的姑娘泼出去的水"。在人们心里，女孩始终是外姓人，进不了家谱的。所以从一个薄薄的家谱册子上，很轻易地就看出一脉流传的年限。

整理家谱已经进入尾声，两年来"添枝加叶"，人名不断增多。这让我心里也莫名地高兴，每每增加一人，说明家族的人脉传承又多了一支。

整理家谱的过程中，看到一些人家没有儿子，到某一个名字的时候戛然而止，感慨良多。一直在想，幸亏爷爷有父亲一个儿子，父亲有四个儿子，四个兄弟各自有了儿子，使爷爷的传承得以延续。

但是三爷就有些遗憾了，三爷只有小叔一个儿子，而小叔膝下只有一个女儿。排列世袭图的时候，我也是黯然了好一会儿。

还有一些比较特殊的，比如说养子，养大了娶妻生子，堂堂正正地进了族谱。还有招女婿进门的，生了孩子随母亲姓，也算是接上传承了。

家谱，就是一个家族繁衍生息的阵地，它记录着每一个男人的名字，反映了家族的兴衰和历史的变迁。

小小一家谱，宗族大舞台。通过家谱，让我们有了追根溯源的依据。再过几百年后，后世子孙翻看家谱的时候，不晓得会有什么感想。

因为修家谱，所以对《螽斯》一文，甚是喜爱，读了一遍又一遍：你的子孙多又多，家族正兴旺啊！你的子孙多又多，世代绵延长啊！你的子孙多又多，和睦好欢畅啊！

瞧，蝈蝈们多幸福，诗经录下它们欢愉的场景、蹦跳的动作。它们扑扇着翅膀，蹦啊蹦，跳啊跳，沸腾了草滩，热闹了季节。让现代的我，也沉浸其中了。

这是一条曲折
的人生之路

葛藟

绵绵葛藟，在河之浒。终远兄弟，谓他人父。谓他人父，亦莫
我顾。

绵绵葛藟，在河之涘。终远兄弟，谓他人母。谓他人母，亦莫
我有。

绵绵葛藟，在河之漘。终远兄弟，谓他人昆。谓他人昆，亦莫
我闻。

——《国风·王风·葛藟》

读到这首诗的时候，真切地感受到，人是情感动物，某个场景
下，触碰到内心的柔软，为诗人凄苦的人生，便忍不住潸然泪下，
内心翻江倒海，犹如热烈的亲人，黄河滚滚，葛藤茂盛，纠缠不息。

他流落异乡，六亲无靠，生活没有着落。寄人篱下的滋味，可
见一斑。诗人的身世让每一位读诗的读者落满同情，眼睛湿了又红。

令我感到心伤的是，在这偌大的红尘，承受这种苦难的不仅是诗人，还有许许多多游荡在尘世的人。

记得最清楚的是《等着我》大型寻亲栏目播出的某一期。一个七八岁男孩被人贩子拐卖到福建，一个单身男人买了他，不仅要他干活，还经常打骂。他总是想要偷跑回家，最后那个男人又把他卖了。

这次孩子被卖到广西，买他的养父母依然没有善待他。他再次被卖了……在不断的易主、不断的偷跑中，孩子慢慢长大了，对家的渴望、对父母的思念在午夜的时候，化作两行清泪。自从被拐卖后，他就没有进过学校，颠沛流离的生活，让他变得木讷，不善言辞。

后来，凭着依稀的记忆，找到当初和父母失散的街头，却发现那个地方已经不是当初的样子，老房子盖成了新楼。

他不识字，寻亲的方式限制在简单的思维内，一个人跑遍那座城市的大街小巷，也没有找到亲人。却因涉世不深，再次被人拐骗，这次更糟糕，骗到了国外。

在国外干着繁重的体力活，一次意外救了一个同事。那个同事感激他的救命之恩，就把妹妹介绍给他，这是他人生的一个转折点，有了自己的家和至亲的爱人。

他把身世说给妻子，在妻子的支持下，鼓足勇气走进电视台，寻找失散多年的亲人。很遗憾，由于许多原因，寻亲团没有找到他的亲人，尽管还在接续寻找，只是希望有多大，谁也不知道。

他的身世让电视内的嘉宾和电视外的观众，全体落泪。每一个听到他身世的人，唏嘘不已。

在我们这个世界，每天都发生着许多意外，有些是天灾，有些是人祸，无一例外，这些孩子的人生路，变得曲折不平，一辈子活在寄人篱下的阴影中，活在别人的嘲弄中。他们有家回不去，有亲不知道在哪里。

再回头联想《诗经》中的诗人，虽然不知道他因何缘由寄居在别人家，但是由此诗可窥探到他内心的哀怨和凄凉，借绵绵不绝的葛藤对照他和兄弟亲人的离散，以物照影，折射颠沛流离、坎坷不平的人生，怎是一个愁字了得。

老家堂兄的孩子因调皮，不服父母和老师的管教，一个人离家出走，十几岁的孩子，一去再也没有回头，人海茫茫，不知道现在漂在哪里。

家人提及，伤心得不得了。无奈那孩子没有在 DNA 库留下血样，父母找他，也无迹可寻。

我想，当那孩子长大了，一定会切身体会到离家的无奈和没有亲人的愁苦。希望那时候，他能顺着去时的路再转回头。

牛运震《诗志》曰："乞儿声，孤儿泪，不可多读。"或许，就是因诗经《葛藟》中，诗人表现出的流离之苦为之感慨太深，这也是我特意写下此文的原因，愿那些没有父母亲情的孩子，能健康成长。

诗经采薇寻千年
陌上雪白留三分，

采薇

采薇采薇，薇亦作止。曰归曰归，岁亦莫止。靡室靡家，猃狁之故。不遑启居，猃狁之故。

采薇采薇，薇亦柔止。曰归曰归，心亦忧止。忧心烈烈，载饥载渴。我戍未定，靡使归聘。

采薇采薇，薇亦刚止。曰归曰归，岁亦阳止。王事靡盬，不遑启处。忧心孔疚，我行不来。

彼尔维何？维常之华。彼路斯何？君子之车。戎车既驾，四牡业业。岂敢定居？一月三捷。

驾彼四牡，四牡骙骙。君子所依，小人所腓。四牡翼翼，象弭鱼服。岂不日戒？猃狁孔棘。

昔我往矣，杨柳依依。今我来思，雨雪霏霏。行道迟迟，载渴载饥。我心伤悲，莫知我哀。

——《小雅·鹿鸣之什·采薇》

雪，承载着对尘世的眷恋，终于在冬天的深处，飘飘悠悠，晃晃荡荡，一步一舞飞落下来。

冬天的雪像迟开的花朵，惊扰无数爱花人的梦。一场雪凝聚成无言的沧海，沉淀在冬的誓言中。

路边的香樟树、松柏、芭蕉树、竹子，以及凸起的泥土上，全部开花了，花只有一种颜色，再也容不下其他色彩，最美繁花落人间，阡陌红尘美无瑕。

走一段路，看一段风景，沿着雪的脚印，走进雪的世界。枝头的雪好像画家的笔，轻点几下，素描成淡淡的线条。柔柔的，像棉花一样轻轻飘飘，絮絮一层。

我如前世走来的客，跟着西风，慢吟雪花。

婆娑的舞姿带我一程，进入阴雨霏霏、雪花纷纷。

他是一位解甲退役的征夫，在返乡途中踽踽独行。道路崎岖，他又饥又渴，但边关渐远，乡关渐近。

此刻，他遥望家乡，抚今追昔，不禁思绪纷繁，百感交集。艰苦的军旅生活，激烈的战斗场面，无数次登高望归的情景，一幕幕重现在眼前。

"维常之华""君子之车"。身为军人，他是自豪的啊，保家卫国，是真男儿本色。

多年的征战生涯，使他越来越坚毅。无论多大的战斗都难不倒他，"戎车既驾，四牡业业。岂敢定居，一月三捷"。回望威武的军容、高昂的士气和频繁的战斗，他心潮澎湃。

"驾彼四牡，四牡骙骙。君子所依，小人所腓"。在战车的掩护和将帅的指挥下，士卒们紧随战车冲锋陷阵，战斗更加激烈了，还好，将士们装备非常到位"四牡翼翼，象弭鱼服"。战马也强壮而训练有素，武器精良而战无不胜。

那段日子，将士们天天严阵以待，只因为猃狁实在猖狂，"岂不日戒，猃狁孔棘"，边关形势太过严峻，实在没有时间归家，可是对家的思念却一分也不曾减少，浓得化不开的思念，融化在从春到秋的采薇中。

马踏铁蹄的战争场景，划过他抑郁孤独的过往；艰辛生活和思归的情怀，在岁月的年轮中画圈；梦中的薇苗采了一茬又一茬，他回家的答案，被风吹干成沧桑的容颜。

离开家时，年轻俊秀，杨柳依依随风吹。如今回来路途中，大雪满天飞。道路泥泞难行走，又饥又渴又劳累。满腔伤感满腔悲，他的哀痛谁体会！他的痛苦印在雪花上，落一地伤情。阴雨霏霏，暗淡了他的青春年华。

《诗经》里的雪太过沧桑，一片片透着凄凉，凄凉里含着岁月的殇。阴雨霏霏从千年漫延至今，一场缘，一场聚，一场散，我与古人在千年前和千年后，各行一段。

我眼里的雪是美丽无瑕的，它们用厚重的胸怀接纳土地和土地上的庄稼；它们犹如天使，给绿色的植物盖上一层又一层棉被；那些绿色，在它们的滋润下破土生长，结出丰硕的果实，养大一个又一个奔波在天际的行路人。

我心里的雪是易安居士的"雪里已知春信至，寒梅点缀琼枝腻。香脸半开娇旖旎，当庭际，玉人浴出新妆洗……"

她的花在隆冬开放，雪和梅，白花红花相映成趣，又以生花妙笔点染其形象美和神态美，让冬日绽放无限光华。

雪花，从古时开始飘落，洋洋洒洒走了千年，一路上收获无数散落在红尘的情思，或伤，或喜，或忧，或惊奇，它始终保持淡定的情绪，稳固自身修行，坚持完善自我，以自身之盈余补全红尘残缺，让冬季始终没有暗淡色彩。

作为冬的使者，它以景传情、以情固景，景中有意、意中有景，让每个与雪花相遇的人，都能抒发情怀、倾吐心声，这些，从很早便开始了。

雪花飘飘

觅诗魂

园有桃

园有桃，其实之肴。心之忧矣，我歌且谣。不知我者，谓我士
也骄。彼人是哉，子曰何其？心之忧矣，其谁知之？其谁知之，盖
亦勿思！

园有棘，其实之食。心之忧矣，聊以行国。不知我者，谓我士
也罔极。彼人是哉，子曰何其？心之忧矣，其谁知之？其谁知之，
盖亦勿思！

——《国风·魏风·园有桃》

在大雪天读到这首诗的时候，忽然想起来那位才华绝代的诗人，
他十五岁时考入北京大学法律系，大学期间开始诗歌创作，很是出
名，而他卧轨自杀时只有二十五岁，他的笔叫海子。

在我的意识里，天才是与众不同的，他们的思维和价值观都超
越俗世，因此会制造出一个又一个意外。

海子去时春光正好，桃红柳绿，火车疾驰而过时，必定凌乱了一树花红，那些散落在地上的花瓣，遮不住青年才俊溢出的情怀。于是，我们日日念诵"面朝大海，春暖花开"。

还有一位诗人，一句"黑夜给了我黑色的眼睛，我却用它寻找光明"成为中国新诗的经典。他就是顾城。和海子一样，他的自行离去也带着神秘色彩。

当年，我读着这些精彩的诗句，揣摩写诗的人。长大后却发现，诗人的内心如此脆弱，经不起一点挫折，是情感太丰富，还是天妒英才呢？

希腊著名哲学家亚里士多德，于公元前322年，在厄里帕海峡跳海自杀。据说他自杀时说道："愿厄里帕的水吞没我吧，因为我无法理解它。"

苏联诗人、剧作家马雅可夫斯基，他的诗歌中从不掩饰自己对女人的爱，这些爱给他带来无限的幸福和欢乐，激励他产生耀眼的灵感火花，同时，也使他陷入无尽的苦恼与悲哀之中，纵观马雅可夫斯基的一生，他的创作，生死和爱情基本都缠绕在一起。

俄罗斯著名文学家、诗人普希金，也是因妻子与他人苟且，从而引发决斗而亡。

似乎所有自杀离去的诗人都和爱情有关，于是我总结，丰富的情感是成就诗人的奠基石，但是也因为情感丰富而变得不堪一击。

如今，我不再沉迷新诗，也极少写诗，喜欢沿着《诗经》的脚步，追寻诗歌的溯源。却发现千年前的诗人，同样抑郁。

原本春光明媚，桃园硕果累累，一个个桃子令人垂涎欲滴，那些足以果腹的鲜桃，掩饰不住诗人心底的愁闷，是他太有才了吗？为什么那些人都说他是书呆子？

是高处不胜寒吗？为什么那些人说他清高孤傲？写诗是他的喜好，他觉得只有诗歌能诠释内心的情感，然而没有人理解他，在自成一景的桃园伤感！

他从桃园走到广袤的天地，期待用这样的方式，化解内心的苦恼，可是普天之下，没有能懂他的人，他自我劝解，调整内心，留下这首传诵千年的诗歌。

小城有位作家，擅长儿童文学，诗歌也很棒，在全国都享有名气，可是小城文友聚会他从不参加。

有次朋友请客，聚到一起，自然而然说到文学，我说他才情斐然，为啥不和大家一起玩。

他憨厚一笑，说性格内向，不善言辞，到人多场合反而不知道该说什么，话少了，就被人说高傲，与其如此，还是不参加的好。

几句话说明了一件很不正常的事情。记得一个网友在微信和我聊天，网友说我人太傲气，清高得不像样子。

我惊诧到无语，说那些人从来没有接触过，基本处于不认识状态，怎么就说我清高呢！

好在我脾气不大，性格开朗，一笑而过，也不当回事。

这倒是和《园有桃》一般无二了。

诗歌，或者文学，从来都是文人抒发情怀的直接表达。《园有桃》的作者是，《再别康桥》的作者徐志摩也是。正是他们有炙热的情感，才有流传后世的佳作。

　　诗歌，是人类最美的语言，它以凝练的句子，解析社会、情感、花草，以及万事万物。

　　生活恰如万花筒，一点一滴皆是诗。外面的人，永远看不到其中的美丽和格局。

　　只有写诗的人和读诗的人融入其中，才知道花非花雾非雾，人生是与众不同的。

苦连根
黄黄苗，

燕燕

燕燕于飞，差池其羽。之子于归，远送于野。瞻望弗及，泣涕
如雨。

燕燕于飞，颉之颃之。之子于归，远于将之。瞻望弗及，伫立
以泣。

燕燕于飞，下上其音。之子于归，远送于南。瞻望弗及，实劳
我心。

仲氏任只，其心塞渊。终温且惠，淑慎其身。先君之思，以勖
寡人。

——《国风·邶风·燕燕》

燕燕，太熟悉了，它们经常翻飞在我家屋梁上。无论是老房还
是新舍，两座房子两个燕窝，燕窝垒在屋顶的第二根屋梁上，枯草
和泥巴搭建的巢穴，玲珑精巧，坚实牢固。三四只小燕子窝在巢里，

露出嫩黄的小嘴儿，等着一对老燕子衔来虫子递进嘴里。

待老燕子再飞出去觅食时，几只小燕子像淘气的孩子，交头接耳，叽叽喳喳，说着我听不懂的话。它们兄妹几个，你挨着我，我挨着你，亲亲密密，幸福地窝在一起。

这个场景，像极了我家兄妹。姊妹几个，年龄相差不大，一个挨着一个，跟着季节的变化长大。喜欢诗经《燕燕》，不仅因为燕子是很美丽的一种鸟，而且因为诗里写的那种如我们的兄妹之情。

我家男孩多，有三个哥哥，一个弟弟，可谓阳盛阴衰。也是这个原因，我这个唯一的丫头，占尽父母兄弟的爱。小时候生活艰苦，大家都要下地干活，因为有兄长们，许多需要下力气的活，我是没有干过的。

记得有一次，村里一个女孩去井边挑水，机井的水泵坏了，需要一根二十多米的绳子绑在水桶上，丢下去，左右摇晃，让水桶倒下装水，感觉水桶装满了，再用力系上来。我不知道一桶水有多重，但是为了不让水桶溢水，需要用尽力气，还得掌握平衡。

那个和我同龄的女孩，由于冬天冷，手冻得没有力气，把一桶水系上来后，只剩下三分之一了。她流着眼泪挑着两半桶水，摇摇晃晃朝家赶。看着她的背影，我忽然觉得自己很幸运，有了三个哥哥，没有挑过水。

那年读小学一年级，邻村的一个男孩欺负我。我委屈得泪水长流，同村的一个女孩赶紧跑去找我哥哥。好家伙，"呼啦啦"，一下子来了三个。兄长们啥话也没有说，吓得那小子直接跑路。

很多年以来，兄长都是心上的依靠，不管遇到什么事儿，第一个想到的，就是给哥哥打电话，委屈了，缺钱了，波波折折的人生，因为有了哥哥，也变得轻松许多。

在故乡，如今流行新的婚嫁风俗，女孩上婚嫁车的时候，需要哥哥把妹妹从家里背到车上，脚不能沾地。那些附在哥哥或弟弟背上的女孩，眉目含笑，娇俏羞怯，甜蜜的幸福不言而喻。

我出嫁的时候，在接亲喜娘一声接一声的催促中，慌张上车。哥哥拿着相机，在车旁说，抬头，抬头。于是，留下一张浓妆的且没有笑的婚嫁照片。

就要离开生养自己的家，到一个陌生的环境，心中的不舍像洪水泄闸，哭得稀里哗啦。

此刻，读到《燕燕》，想起当年送亲的哥哥，看着唯一的妹妹出嫁，他们的心里是不是也是这样难过？看着绝尘而去的汽车，是不是也充满不舍？

"黄黄苗，苦连根，啥子没有姊妹亲"这句话，在故乡长久不衰地传扬。

老人们常说，这世上除了父母之外，姊妹最亲。所以无论谁家，无论生活多么艰难，都要生两个孩子。他们的意思是他们百年后，世上至少有一个血脉相连的手足至亲。

想着《诗经》里的哥哥对妹妹深厚的兄妹之情，我也想起了自己的哥哥。年底了，劳燕分飞的兄长们，快要回家了。一年一次的团圆，也只有期待这几天了。

第三辑

身无彩凤双飞翼，
心有灵犀一点通

爱情和植物一样，纵情四野。

广袤的大地，年轻的生命充斥着奔放和激荡。

树与藤，花与草，一切都变得更有意义。

也许，这就是让人羡慕的爱恋了，

心尖绑着一个人，日子便繁华无比。

草木醇香
情意浓

有女同车

有女同车，颜如舜华。将翱将翔，佩玉琼琚。彼美孟姜，洵美且都。

有女同行，颜如舜英。将翱将翔，佩玉将将。彼美孟姜，德音不忘。

——《国风·郑风·有女同车》

羡慕极了诗中的男子，能与一位美丽的女孩同车。此刻，时值夏秋之际，木槿花盛开，他们一同去郊游，车子在乡间的道路上奔驰，木槿花的清香弥漫而来，男子看着女子，眉眼都是欢喜。

不用脑补，眼前都是一幅诗情画意的风景。姓姜的女孩，在家里排行老大，姜家大姑娘在男子的眼里，简直美不可言，她的脸像木槿花一样粉白，她走路像鸟儿飞翔一般轻盈，她身上佩戴的珍贵饰品，行动起来，环佩轻摇，发出悦耳的响声。

我想，这便是"情人眼里出西施"了。他对她的爱恋，就像蜜蜂爱上花朵，无论怎么翻转，都是甜蜜。

说起木槿，便想起一株木槿花。

那时尚小，不懂木槿为何物，从乡亲们口中蹦出来的是"母鸡花"。

我曾千万次琢磨，为什么那么好看的花叫这么难听的名字。

木槿，只有一棵，长在婶婶家的厨房后，树干有小孩胳膊那么粗，枝条雨伞般蓬松而下，稠密的叶子中，开着一朵朵粉紫色的花。

花，繁茂得很，我从未见过这样的盛开，夹在绿叶中的花，绢花般，层层叠叠，像喇叭，又像盘盏，迎风而立。

花朵，或低垂，或侧迎，或向上，簇拥在叶子中，远看，好似淡淡的紫色花海，涌动着一片欢笑；近看，像进射的浪花，散发着浅浅的纹路，她们与风嬉戏，与光交谈，与云朵相映成趣。

乡下人见多了野花野草，对这种长在树上、好看得很的花甚是好奇。每每路过，总是停下评论一番。

故乡的女孩，扎堆凑在木槿树下，闭上眼睛，闻一阵阵恬静的清香。

可惜，木槿并没有如大家所愿，扶摇直上，年年盛开。

堂哥结婚后，两年还没有小孩。婶婶生气，指桑骂槐，为了能安生过日子，堂哥分家单过，扩展厨房时，把木槿花连根挖掉。待我想起来去看花的时候，木槿花已经枯死了。

堂哥的婚姻也没有保住，随着木槿花的死亡，一拍两散。

后来，乡村的人外出务工，见识多了，从外边带回来一些从前没有见过的花果树木，村里的花木忽然丰盈起来，木槿花也不再是稀奇花木了。

一些有生意头脑的人，开始大肆培育花木，木槿花也是其一。

在村里的一块苗木基地，我看到了多种木槿花，色彩丰富到令人惊叹。

至此，对木槿花算是有了简单的了解。也明白少时村人不明所以，把木槿花错称为"母鸡花"的原因，木槿、母鸡，谐音太相似了。

沿着木槿花素雅的清影，追寻从前的喜爱，从而寻得一个美丽的传说。

上古时期，古帝丘东有一丘陵，人称历山。历山长着三墩木槿，树高两丈，冠可盈亩，每年夏秋两季，花开满树，灿烂如锦。

有一年秋天，号称四大凶兽的"混沌""穷奇""梼杌""饕餮"来到历山观光旅游，见木槿花美艳动人，均想占为己有。

于是乎，四大凶兽展开一场激烈的打斗，拼得你死我活，头破血流，费尽四凶之力终于把木槿刨倒。

说来惊奇，还不待四凶上前取之，木槿倒地即萎，瞬间陨落。

四凶顿感懊恼，想着取回去恐怕也难以成活，垂头丧气地离去了。

正在历山带领农夫耕作的虞舜闻讯赶了过来，招呼农夫把三墩木槿扶起来，并浇水灌溉。

不料奇迹出现，三墩木槿瞬间枝叶灵动，花朵展开，犹如俊俏的花仙子，迎风起舞，舞袖蹁跹。

虞舜笑了，农夫笑了。

木槿仙子为报虞舜活命之恩，取虞舜之讳为姓，以示纪念，这便是"舜华""舜英""舜姬"三位花仙子的来历了！

故事凄美中带着温暖，优美中透着神性，叫人好不向往。

后来，虞舜把分墩的木槿移栽城内。遂越来越多，越来越秀，花团锦簇，意境万千。

酒仙李白夸她"园花笑芳年，池草艳春色。犹不如槿花，婵娟玉阶侧……"诗人看槿花，槿花赞诗人，让一段花事甜甜蜜蜜，长长久久。

白居易不甘示弱，加大力度，提笔挥毫泼墨，"秋藓晚英无艳色，何因栽种在人家。使君自别罗敷面，争解回头爱白花。"

众多诗人漫步木槿花丛，争相书写赞誉，唯恐落后半分。

一代情圣李商隐，更是借助木槿花易落的情景，暗喻红颜易老："风露凄凄秋景繁，可怜荣落在朝昏。未央宫里三千女，但保红颜莫保恩。"原本素雅清淡、独树一帜的木槿花，因了此诗，又多了几分伤感在其中！

由此可见，在文人的笔下，花也是异彩纷呈。视觉决定景物，角度决定思路，诗人们的才情给木槿花增添了风韵，贴上了独有的标签！

淡淡的木槿花，流淌着浅浅的芳香，在乡村的门前屋后，在城市的巷子街头，梦幻一般，笼罩每一个爱花的人。

那日，在外地大酒店做厨师的邻居回乡，来我家玩时，看到院墙后边的木槿花，笑着说，木槿花可是一道好菜。

我惊讶，不敢相信地问，怎么做？

他说，爆炒、凉拌、煲汤均可。

我顺手摘一朵放在手心，满满的不可思议，从来没有想过，素净的木槿花，竟然是一道美味的佳肴。

此时，读《诗经》，才知道木槿在那时就已经惊才艳艳了，而且被才情的诗人，拿来比喻美妙的女子。

有女同车，颜如舜华……有女同车，颜如舜英……

同车的女孩，和木槿花一般美丽。

溱洧

　　溱与洧，方涣涣兮。士与女，方秉蕳兮。女曰观乎？士曰既且，且往观乎？

　　洧之外，洵訏且乐。维士与女，伊其相谑，赠之以勺药。

　　溱与洧，浏其清矣。士与女，殷其盈矣。女曰观乎？士曰既且，且往观乎？

　　洧之外，洵訏且乐。维士与女，伊其将谑，赠之以勺药。

　　　　　　　　　　——《国风·郑风·溱洧》

　　我正在极力幻想一场古代的相亲场景，抑或是情人节。

　　溱洧之外，花开四野，乡间耐不住寂寞的花儿，齐刷刷冒头，摇头晃脑地看着眼前盛大的花事。

　　一个个青春男女，带着飞扬的激情，寻寻觅觅，把怀春的心事毫无顾忌地抛给这场春天的花事。

清凌凌的河水，没心没肺地流淌着。欢喜的人们沐浴着温暖的阳光，找寻属于自己的良缘。

在众多的青年男女中，一对少男少女偶然相识，便互相吸引，两个人相约同行，彼此嬉戏，爱慕之情顺势而生，赠一朵月季，送一束芍药，花朵馨香，情意缠绵。

读到此处，好像有一道电波划过心海，让荒芜已久的心田莫名悸动，好似看到那个含羞娇俏的女孩，捧着花，欢欢喜喜看着身边的男孩，美好到如此纯粹的爱情，还有什么能比拟呢！

我更惊诧的是，原来月季作为定情信物，从那时就开始了。

众多花卉中，对月季情有独钟，大团的锦绣，好似妩媚的贵妇人，不输于牡丹的妖娆，不低于丹桂的清高，万花丛中，月月绽放，时时光彩照人。

"月季只应天上物，四时荣谢色常同。可怜摇落西风里，又放寒枝数点红。"宋朝诗人张耒这样写。

在诗词里，我读到了月季的与众不同，她似美丽的仙女，生活在天上，即便凋谢，也独有特色。西风摇曳，她迎着凄冷的寒风，又张开笑脸，这是谁也比不了的，月季就是月季，独一无二。

盛开的月季更美妙，成为男女爱情的使者，这份殊荣，比牡丹耀眼多了。

五一小长假回老家，故乡的月季开得正好。当年搬迁过去的一亩四分地，被先生种上月季，几年过去了，花朵繁闹，灿烂娇艳，美丽得不像话了。

出嫁不久回娘家的小堂妹，正拿着手机拍花，小姑娘双十年华，于三月桃花开得正好的时候，顶着满满的香味嫁人了。

曾经打趣她，这么小年纪，为什么不再多玩几年。

她说，遇见他了，感觉他就是那个最适合自己的人，就想赶紧嫁给他，长长久久在一起。

堂妹专科没有毕业，读一年级的时候，暑假去亲戚办的辅导班打暑期工，却因为一个暑假的放松，再也不想回学校读书了。

社会是一个复杂的单位，十八九岁的女孩意外认识他，很快坠入爱的河流。小婶说，嫁就嫁了吧，女孩反正早晚也是别人家的人。

堂妹穿一身大红色的宫装，头顶红盖头，捧一束玫瑰，笑得眼睛眯成一条缝。

莎士比亚说："爱情是生命的火花，友谊的升华，心灵的吻合，如果说人类的感情能区分等级，那么爱情该是属于最高的一级。"

爱情从古到今都是美好、没有瑕疵的，与花朵一样。

记得小时候，每年七夕节，老人们都会讲七仙女的故事。神话中的鹊桥谁也没有看到，却让无数相爱的人趋之若鹜。那时候大家不送花，村里订了婚的大龄青年，提着水果、礼包送到女孩家，以此方式见见心爱的女子。

现在不同了，时代的发展让爱情不再含蓄，胆子变大的青年男女在七夕那天，成双成对，马路边，林荫里，夜吃摊上，哪里都是。

花店玫瑰大涨价，依旧销售一空。各种各样的商家为了做生意，挖空心思，写上爱情的标语，生生吸引了大批的男男女女。

《诗经·溱洧》很美，美在春天，美在爱情。

诗歌以优美的节奏，完成了从风俗到爱情的转换，从自然界的春天，到人生青春的转换，也完成了从略写到详写的转换。

一连串的转换，让后世每一个读到此诗的读者浮想联翩，想有一场浪漫的爱情、一场盛大的风俗、一场红尘的风花雪月。

此刻，我追着满园的月季，一棵一棵地看，一株一株地品，细嗅淡淡的清香，红、黄、白，三种颜色，好似火焰一般灼灼燃烧，触动心海的爱情之花，不断盛开、盛开。

爱情的温度
一再升高

东门之池

东门之池，可以沤麻。彼美淑姬，可与晤歌。

东门之池，可以沤纻。彼美淑姬，可与晤语。

东门之池，可以沤菅。彼美淑姬，可与晤言。

——《国风·陈风·东门之池》

读到这首诗的时候，眼睛湿润了，一半是感动，一半是伤心。

从前，故乡也沤麻，麻很多。房前屋后，田埂地头，野生野长，不需要施肥浇水，一棵棵也长得高大粗壮。

村里人割麻，一捆捆绑起来，埋到村前的池塘里，用淤泥压着，经过水的浸泡，麻很快腐烂，一股股臭味从池塘里冒出来。男人们跳下水，扒开淤泥，捞出沤得脱皮的麻。

顶着熏人的臭味，洗去泡出的浆液，剥离麻皮。

原本长在乡间的麻，立即变成另外一种物什。大婶大娘们把剥离的麻皮洗得干干净净，晒干后，用梳子梳，梳一遍又一遍，直到把麻梳得细如丝线，柔软滑腻。

梳好的麻丝，铺放在门板上，摆得整整齐齐，将大锅里煮好的糯糊，匀称地涂上，麻和糯糊黏在一起，晒干后，便是做鞋底的原料了。小时候，家家户户门口，都有晾晒的麻。

《诗经》里的沤麻，场景很欢愉，青年一边沤麻，一边开心地歌唱。这就是爱情的滋润了，干活也精力充沛。尽管沤麻很臭，可是和心爱的人在一起劳动，就有抑制不住的快乐。

故乡的沤麻时节，也是全家总动员，男人干力气活，女人剥麻、梳麻，没有更多的诗情画意，却把烟火人家的琐碎，在沤麻时勾勒得幸福无比。

情愫蔓延的世界，不论是沤麻，还是其他，都会令人脸红心跳。

那年春末夏初之际，哥哥从砖厂拉回来一车红砖，用以修补老屋摇摇欲坠的山墙。我们兄妹正在搬红砖之际，他悄无声息地站在身后，说你去玩，我来搬，别砸到手了。

他是芳心暗许的男孩，住在村子的另一头，到我家要绕过好几户人家，不知道他是巧遇看到我家拉砖，还是时刻盯着我家，总之，那么好巧不巧地在我搬起第一块砖时，他出现在身边。

他的话绕过发丝，钻进耳朵，便是满满的羞怯。

当时，就感觉心跳得厉害，脸红发烧，不敢看他。做贼似的搬起两块砖，赶紧进屋。后边搬砖过程，整个人都像傻子般偷着乐。

那段时间，我们经常一起割草，背着背篓在乡间的田埂转悠，青春的时光，遍撒在田野上。

握着镰刀的手，终究掂不动日子的重量，和他之间朦胧的感情，最终桥归桥路归路，再无交集。

爱情，和含羞草一样，轻轻触动，便卷起纤弱的叶子。

表姐的婚事是媒婆之言，见一面后感觉还行，就定下来了。那年中秋节，定了亲的姐夫来送节，刚好舅舅家在收秋。姐夫二话没说，开着手扶拖拉机就下地干活去了。

表姐始终低着头，没有和姐夫说一句话，脸红得能滴出血。

吃过午饭，来串门的邻居辈分高，不时和表姐夫开玩笑。姐夫嘿嘿一笑，挨个儿发烟。姐姐羞得一整天都没敢抬头。

现在想想，从前的乡村，似乎所有订婚的男子都来女孩家干过农活。尽管两个人内心很想说话，可是在家人虎视眈眈的目光下，谁也不敢开口。

也许，有缘分的人，是有心照不宣的感应。

偶尔，看他一眼的时候，他也正在看她。我心中藏着的那个他，就是如此。

多年后，读到这篇《东门之池》，忽然想起他，回忆扑面而来，触痛被日子磨去棱角的心。

很想告诉他，从来不曾忘记故乡的茵茵青草，村前的山山水水，以及山一程水一程的人生。

或许，这就是生活，和沤麻一样，各种味道钻进肺腑，形成不同的气体，催生爱情的温度一再升高。

火辣辣的情歌，
火辣辣地唱

山有扶苏

山有扶苏，隰有荷华。不见子都，乃见狂且。

山有乔松，隰有游龙，不见子充，乃见狡童。

——《国风·郑风·山有扶苏》

宋朝诗人张先的《千秋岁·数声鶗鴂》有这样一句："心似双丝网，中有千千结。"

"一日不见兮，思之如狂。"司马相如的《凤求凰·琴歌》这么写。

"天涯地角有穷时，只有相思无尽处。"这是晏殊的《玉楼春·春恨》中的诗句。

据说，遗留下来的宋词，书写爱情的占了百分之八十。和诗经一样，一首首凄美的风花雪月沿着时光的海岸线，代代流传，世世传唱。

《山有扶苏》穿过唐诗，越过宋词，把元曲抛到身后，顺着历史的脚步，徜徉在时代的前沿，让我沉浸其中，无法自拔。

诗中的女孩，一人在山清水秀的野外僻处，等待她的心上人，可是左等右等却不见他到来。

最后，姗姗来迟的爱人总算见着了，女孩心里很高兴，可嘴里却骂骂咧咧地说，我等的人是子都那样的美男子，可不是你这样的狂妄之徒啊！我等的人是子充那样的良人，可不是你这样的狡狯少年啊！

女孩含羞的骂，在读者看来，却是娇滴滴的撒娇，我兴致盎然地脑补一个画面，青山静谧，林木茂密，溪水潺潺，翠鸟啾啾，女孩粉嫩的拳头小鸡啄米似的敲打在男子的胸脯上，轻轻地责怪他的迟到。

电视剧里播放的类似镜头，恰好就和诗经里一样，在女孩娇斥的时候，男孩嘿嘿一笑，把女孩搂在怀中，所有的一切在这时戛然而止。

爱情的世界里，总有许多难以琢磨的情节，让我们欣然一笑，奔赴其中。作者用寥寥几句把一个女孩约会的场景展开，用扶苏树加以衬托，把诗中女孩和男孩的亲密展现在读者眼前。

为了弄清楚扶苏为何物，特地百度了，原来扶苏即"桑树"。

桑树有情歌，火辣辣的，且不说过多的故事，就我知道的那一对儿，也是惊天动地了。

当年读书时，一个女同学春心萌动，爱上一个男同学，他们爱得太开放，无所顾忌地写情书，频频约会，玉米地，芦苇荡，小树林，一切清幽雅静的地方，都留下他们的影子。

女孩家住在镇上，院子里有一棵桑树，春天结桑葚的时候，她借口让男孩帮忙摘桑葚，把男子带回家。

一开始家里人也没有在意，想着十几岁的少男少女，一起玩很正常。但是爱情太美好，以至于爱的花朵越开越艳。

十几岁的年纪，自制力太差，终有一天，还是越雷池半步。

就是这半步，恰好被家人发现。

女孩父母恼羞成怒，男孩父母嘴上道歉，心里却美滋滋的，一再说会负责。

结果他们双双退学，后来领证结婚，成就一对走出校园就成家的姻缘。

与其相比，另外一个女孩就很悲催，她喜欢上任课的年轻老师。

为了接触老师，她经常去老师办公室请教不会的难题。久而久之，未婚老师也发现了女孩的心事。为避免师生恋，老师果断调换班级，不做女孩这个班的班主任了。

女孩伤心之下辍学了，去南方打工，嫁到南方。据说，后来开办了工厂，日子过得相当富裕。

前几天看了一部悬疑小说，故事写的是一个女孩喜欢上一条蛇精，而且爱得死心塌地。幻化为人的蛇精一开始接近女孩是报复她。

当女孩不断说爱他的时候，他那颗时冷时热的心瞬间融化，上演了一幕人与动物的爱情故事。

整部小说在爱情中跌宕起伏，或许有些情节夸张了、虚假了，然而，追书的读者依然达到百万人之多。能有这么多狂热的追书迷，显而易见，是书中爱情的魅力。

看完小说，沉思良久，尽管是虚构的小说，但是他们的爱穿透纸背，直抵内心，让行走红尘的饮食男女，沉溺其中。

当爱情穿过界域的时候，好似时空开放的零碎花朵，或红，或白，或黄，总有一朵是我们喜欢的颜色，把生命浸染得柔情似水。

将爱情
进行到底

柏舟

泛彼柏舟，在彼中河。髧彼两髦，实维我仪。之死矢靡它。母
也天只！不谅人只！

泛彼柏舟，在彼河侧。髧彼两髦，实维我特。之死矢靡慝。母
也天只！不谅人只！

——《国风·鄘风·柏舟》

"问世间情为何物，直教人生死相许。"忽然想到了这句话，爱
情自古以来就是说不清道不明的事，内心的感觉决定思维，于是，
走向另外一个人的山水。

只是令我感到诧异的是，在千年前那个父母之命媒妁之言的封
建社会，竟然有这么一位大胆且勇敢的女子，自己寻找情郎，在母
亲不同意的时候，反而据理力争，表现出誓死绝不另嫁的决心。

我敬佩她了，以高规格的文字赞誉。《诗经》里有关爱情的篇章

很多，无论高兴，还是忧伤，都令我们感慨万千。

许多年前，认识一个坐在轮椅上的女孩，她和《诗经》里的女孩类似，喜欢上一个风度翩翩的少年郎。但是因为那个男孩家在山区，家里经济条件不好，她父母担心她日后受穷，便极力阻挡她的爱情。女孩哭过，求过，但是父母一直没有松口，最后她脑袋一热，直接从四楼跳下。

她没有死去。摔断了双腿，腰部以下没有知觉了。

她苦苦追求的爱情，因为这一跳，也像泡沫一般融化了。父母带着她奔走在各大医院，最终也没能治好她，轮椅成了她最终的归宿。我见到她的时候，她的情绪已好很多，只是眉宇间的哀愁依旧挂着。

我想，她和她的父母肯定都后悔了。有些事换一个方式，冷静解决，或许就是皆大欢喜。

故乡有一女孩，青丝黛眉，白净面容，一笑两个酒窝，可谓长相俏丽。大家都说她是村里的一枝花，即便是站在那里，也会让田间野花失了颜色，这样的女孩将来会让媒婆踩破门槛的。

她二十岁那年，媒婆还在家里梳妆打扮的时候，她却认识了一个男子。那个人来自外乡，穿西装，蹬皮鞋，梳着当时流行的明星发型，酷酷的装扮吸引了好多女孩，大家有意无意地向男孩靠近，但没有听说谁和男孩在谈恋爱。

令大家大跌眼镜的是，一个月黑风高的夜晚，她和他一起走了。

这个消息一直过了三天才在村里爆炸式的传出来。村里人目瞪口呆，谁也没有想到事情会是这样。据说她的家人在这三天内找到了男孩的家，但是女孩拒不见家人，更何谈回来了。

私奔，在乡下是一件令人不齿的事儿。她家人扬言，从此和她一刀两断，说是就当不曾生过她，死也不会让她进门了。

这件事令村里有女孩的人家，草木皆兵。每当有外乡男性进村，就把自己家的女孩看管得紧紧的，生怕一不留神，闺女被人哄骗走了。

今天读《诗经》，由《诗经》里争取爱情的女孩，倘若看到村里的那个女孩，在爱情面前，她们都很勇敢。《诗经》里的女孩和母亲沟通无果，还在继续抗争，并用最美的诗意，抒发内心的情感。

村里的女孩做法就果断了，或许当年她也曾和父母坦白过，但是也没有得到父母的应允，所以，选择一条她认为最有效的方式解决。直接"结发为夫妻，恩爱两不疑……"以此表达对爱情的坚持。

柏木做的小船，还在河面上漂着，一起一伏，托着一个女孩的心事，漂到河水中央，那个头发齐眉的少年郎，是她心中的偶像，她想要嫁给他，至死不会改变主张。千年了，还在飘荡。

喜欢一个人，是一件美好的事

野有蔓草

野有蔓草，零露漙兮。有美一人，清扬婉兮。邂逅相遇，适我愿兮。

野有蔓草，零露瀼瀼。有美一人，婉如清扬。邂逅相遇，与子偕臧。

——《国风·郑风·野有蔓草》

我见过这样的场景了，大片大片的青草连在一起，茎上顶着细小的花儿，细细碎碎的，或白，或红，或黄，各种颜色都有。风一吹，青草摇曳着东倒西歪，好似绿波碧浪，一浪撵着一浪。

青春男女，在草地上席地而坐，他们时而窃窃私语，时而大声高歌，时而拉着手双双离去，纵情于乡间的山林。

花朵被热恋的情景羞红了脸，缩在花蕊之中；小鸟被爱恋的影子迷醉，站在枝头不知道该朝哪里飞；小河潺潺，倒映着一双影子，幸福得不知所措。

我们看着、笑着、起哄着，那对亲昵的人儿，在大家的簇拥中走进炊烟，携手红尘。

喜欢一个人，是一件多么美好的事。

《诗经》年代，是爱恋滋生的时代，是感情可以纵情飞扬的时代，就像《野有蔓草》中的男女，他们偶然巧遇，男帅女俏，一见钟情，便大胆地携手深入丛林深处。恰如一对欢乐的小鸟，从此之后比翼双飞。

他们的爱率真、质朴，没有掺杂世俗的东西，让每一位读者欢喜得不得了，想象自己也有一场这样的邂逅，该有多好。

一见钟情的爱情故事很多，印象最为深刻的是女作家三毛与荷西的爱情。那时候三毛在马德里求学，荷西是她学校附近就读的一名高中生。

一个圣诞节的夜晚，三毛邂逅小她几岁的荷西。两人相识后，荷西便经常约三毛一起聊天、散步，一次约会时，荷西一脸认真地说："ECHO，你等我六年，我读大学四年，服兵役两年，六年后我就娶你，好吗？"

在三毛心里，荷西那么小，当他说说玩的。便故意气他，让荷西不要再来找她，还说自己有男朋友。荷西也不生气，只是倒退着对三毛说："ECHO，再见！"

以后两个人遇见就像其他朋友一样，荷西没有纠缠三毛，但是每次都会礼貌地亲亲她。

后来回到台湾，三毛身上发生了很多事，未婚夫意外身亡，让她痛苦不堪，伤心之余重返西班牙，爱情于冥冥之中似乎正悄悄地走近她。

再次回到西班牙后，三毛想起了那个和她有六年之约的男孩。还没有等她写信给荷西，一天刚回公寓，就接到一个好朋友的电话，说有事请她立马过去一趟。

三毛放下电话，就急匆匆赶去朋友家。见面时，朋友让她闭上眼睛，然后悄悄关门出去。时间不长，三毛被人突然拦腰抱起、旋转，三毛睁眼一看，竟然是荷西！她开心得说不出话来，任由这样的快乐变成旋涡，将她围绕在里面。

七个月后，三毛与荷西举行公证结婚，开始他们幸福而疼痛的爱情之旅。三毛与荷西的爱情真挚、热烈、凄美，就像撒哈拉沙漠的沙子，深厚得无边无际。

三毛与荷西的爱情，是文学爱好者心上的神话。或许几千年后，就像诗经一样，深深镌刻在文字中，直至不朽。

爱情从来都不是一个人的事，两个人的牵手，如同雨和伞的依恋，也像词和曲的相依。你站在风中，他给你安全的靠背。爱，有山的高度，也有水的深度。

历史上，最为炽烈的一见钟情，还有一对"凤求凰"。司马相如和卓文君，一个是被临邛县令奉为上宾的才子，一个是孀居在家的佳人。他们的故事，是从司马相如做客卓家，在卓家大堂上弹唱那首著名的《凤求凰》开始的："凤兮凤兮归故乡，游遨四海求其凰，有一艳女在此堂，室迩人遐毒我肠，何由交接为鸳鸯。"

读来多么美好，喜欢一个人，真的不需要什么理由。

人的一生中，总会莫名其妙地喜欢一些人，这个世界因了爱情也变得景色宜人。我们当安宁地、坦然地、舒心地面对生活，或许在一瞬间，就会遇见世间的那个美好。

爱情，如山花般灿烂

菁菁者莪

菁菁者莪，在彼中阿。既见君子，乐且有仪。

菁菁者莪，在彼中沚。既见君子，我心则喜。

菁菁者莪，在彼中陵。既见君子，锡我百朋。

泛泛杨舟，载沉载浮。既见君子，我心则休。

——《小雅·南有嘉鱼之什·菁菁者莪》

从前，一位妙龄女子在莪蒿茂盛的山坳里，邂逅一位性格开朗活泼、仪态落落大方、举止从容潇洒的男子，两人一见钟情。

后来，两人又一次在水中沙洲上相遇，对怀春的女子来说，"既见君子，我心则喜"。真是妙不可言，她欢悦的内心，简直没法言表。

爱情，如星星之火，呈燎原之势。两颗原本已经撞击的心，再也无法收拢，缘分遮天蔽日，让两颗年轻的心一再接近，磅礴的情感蓄势而发。

两个人约会的地点，从绿荫覆盖的山坳转到阳光明媚的山丘上。好似水泼的光线，带着晶莹的光。

"泛泛杨舟，载沉载浮。既见君子，我心则休。"一连串的约会后，感情日渐升温，爱情的誓言与湖上的杨舟一并，在岁月的长河中飘荡，而后不管是顺境还是逆境，不管是贫穷还是富贵，只要有恋人相伴，永远都幸福。

这就是《诗经》中的爱情了，与葳蕤的草木一起生长，与山涧的野花并蒂芬芳。

师姐的爱情也是如此，她太优秀了，以至婚嫁之事一拖再拖，直到三十岁了，才举办婚礼。

婚后，她开办辅导班，专门辅导初中数学。始终坚持只收十个学生，每一个在她那里辅导过的孩子，都考上了理想的高中。

空闲时间，她和先生、孩子一起，从周边附近的景区开始，一处一处游玩，慢慢地把游玩地点拓展到省内、省外。

经常看她发微信朋友圈，拍花、拍草、拍山，拍水，最亮眼的是拍了自己和先生脸贴脸的幸福照。

如此狠狠地撒了一把狗粮，让我们这些蜗居在家的主妇羡慕得吐血。

师姐说，人与人的缘分是冥冥中注定的，该是你的，就是你的，不是你的，强求不来。她待字闺中三十年，被村人说眼高、清高、骄傲，能用的词语基本用完了，她依然迟迟不嫁，因为没有遇到那个最适合自己的人。

或许，这就是爱情，像电波一样，传递在牵手的两个人心中。

真挚的情感，如《菁菁者莪》一般，好似淡淡的茶香，带着空灵之气，犹如一幅朦胧的画卷，在读者的视野徐徐展开，一些抓不到的俗世情节也逐渐清晰。不仅如此，这般的爱情中还带着一种深邃和浩瀚，让深陷爱情囹圄的当代人，豁然开朗。

前几天见到一位网友，她是从山东远嫁到河南的，女子眉清目秀，一笑两个酒窝。短发齐耳，显得特别干练。看似很豪爽的女子说话却特别秀气。

大家都说山东女子彪悍，说话直来直去。我却不认为，她说话很是委婉，淡淡的语音中，已经褪去了山东口音。如果不仔细听，不会当她是外省人。

她说嫁到河南十来年，语言基本同化了。

读到《诗经·青青者莪》的时候就想起了她。甚至在脑海里勾勒出一个美丽的故事。

她和先生一定有一个浪漫的邂逅，是大学校园，还是在街头偶尔撞见，不经意一个眼神，从此拨开爱的迷雾。他们频频约会，在阳光明媚的海边，在青青茵茵的花园，在人潮拥挤的城市……

最后，她穿着飘逸的长裙，化着精致的妆容，牵着他的手，走进相濡一生的婚姻，佳偶天成。

如今她有三个孩子，大的读四年级，老二读一年级，还有一个读幼儿园。

如果说婚姻是爱情的最后一站，那么儿女便是婚姻殿堂中的天使。她有三个小天使，日日围绕左右，时时唤她妈妈，真是让人羡慕。

当农村彩礼一再增加、成为婚姻的附属品时，我总是想起那些茂盛的植物，它们自有生命时起，一代又一代见证了多少为爱痴迷的男女。

还有那些为了爱情而远离故土的女子，她们幸福着自己的幸福，好似烟雨红尘中的锦绣文章，不仅如花灿烂，而且如山坚韧，千年万年都不曾褪色。

一日不见，如隔三秋

采葛

彼采葛兮，一日不见，如三月兮。

彼采萧兮，一日不见，如三秋兮。

彼采艾兮，一日不见，如三岁兮。

——《国风·王风·采葛》

我已经开始脸红耳赤了，一颗小心脏怦怦乱跳，想起了从前的爱情，呓语般的叮咛在心头荡漾，想要去见他，又怕见到他，羞红的脸和狂跳的心一齐发力，理智和情感纠结得直接打架。

如今想想，那一段花开的青春绚烂极了。与诗《经里》的诗人极其相似，他思念她，她思念他。是的，是的，自远古开始，爱情便是激情洋溢的事了。

这是思念到何种程度，才能把心情抒发得如此委婉浩荡，那个采葛的姑娘呀，一天没有见到他，好像隔了三个月；那个采萧的姑娘呀，一天没有见到他，好像隔了三个秋天；那个采艾的姑娘呀，一天没有见到他，好像隔了三年啊！

羡慕古人的才情，用时间来区别心理，一波一波，在时光的流淌中，把诗歌和思念推向高潮。这便是思之深，念之切，爱之重，想之难眠了。

对热恋中的情人来说，都希望朝夕厮守，耳鬓相磨，一次次分离也是极大的痛苦。

在故乡，也有类似的爱情。那时候，我们这些青春男女的情怀明亮得像挂在头顶上的日头。

小雅的村子和我们村子相邻，因割草放牛经常在一起，周边村子的男孩女孩都熟悉。

不晓得从哪一天起，小雅和他相爱了，男孩是我们村里的，人高马大，说话瓮声瓮气，典型的农村汉子。女孩却秀秀气气，白白净净，小脸巴掌大，抿嘴一笑，脸红得像鸡冠花。

爱情从来不分地域，他们如胶似漆地黏糊在一起。放牛的孩子一般早上五六点就把牛赶到草场上，待到晌午赶回家，下午凉快的时候，又去草场。

他们两个似乎心照不宣，每天都是第一个从各自的村子出发，迎着晨曦，踩着露珠，听着牛铃叮叮当当，两头牛撒着欢，抵头碰碰，好像它们也是恋人一般。

小雅和他挨着坐在河堤上，看天上云卷云舒，听身边风来风往，小河里潺潺流动的河水为他们弹奏音乐，青绿的庄稼点燃蓬勃的生机。生活于他们而言，多彩多姿。

后来农忙，他们暂时分开一段时间，结果那男孩忍不住思念，直接跑去女孩的村子找她……

再后来因为各种原因，他们没能携手红尘。这段如花如梦的爱情，被丹江的激流斩断，男孩痛苦不堪，自闭忧郁了很久，用刀片割破手腕，流出殷红的血，好像枯萎的玫瑰。

今天读《诗经》，由《诗经》里一日不见如隔三秋的男女，想起了小雅和他。在我明媚的青春里，有他们两个的影子。那种爱情，纯洁得像一张白纸，灿烂得像一朵夏花。我艳羡，也伤心。

萧冉的爱情也有意思，和那个他认识就像坐过山车一样刺激。从来没想到，两个人骑自行车撞到一起，也能引发一段爱情。

那天，萧冉去镇上赶集，她妈说夏收了，买点肉回来，给家里人改善改善伙食。她骑着二八自行车，白色 T 恤扎在当时流行的阔腿裤腰里。头上戴着一顶花里胡哨的大檐帽，时髦得像城里女子。

泥土路上人并不多，下坡的时候，萧冉才发现，她的自行车刹车不灵。尽管大长腿和大脚拼命蹬地，那速度还是嗖嗖地，不可避免地撞倒了另外一辆正"吭哧吭哧"上坡的自行车。

那个很帅的男孩子，莫名其妙被撞翻了，起来后拍拍屁股上的灰尘，正想发火时，看到萧冉俏丽的面孔。一肚子火硬生生憋了回去。

在父母之命，媒妁之言的农村，萧冉的自由爱情，可算是奇闻轶事。还好萧冉父母是开明人，没有阻挡这段姻缘。只是萧冉和他也不能随随便便见面。

后来她给我说，见一面像做贼。吓得浑身发抖，左右观察，没有人了才敢拉拉小手。萧冉说，谈恋爱弄得跟偷人差不多，也是醉了。说完自己捧腹大笑。

她说，思念真是折磨人啊。

那时候，我也爱着，懂得思念为何物，大抵便是："彼采葛兮，一日不见，如三月兮！彼采萧兮，一日不见，如三秋兮！彼采艾兮，一日不见，如三岁兮！"

"明月几时有？把酒问青天。不知天上宫阙，今夕是何年？"

爱情的世界里，当是此情此景。看似一句痴语，却能看出恋人之间爱的纽带，唤起所有读者的情感共鸣。

蒹葭

蒹葭苍苍，白露为霜。所谓伊人，在水一方。

溯洄从之，道阻且长。溯游从之，宛在水中央。

蒹葭萋萋，白露未晞。所谓伊人，在水之湄。

溯洄从之，道阻且跻。溯游从之，宛在水中坻。

蒹葭采采，白露未已。所谓伊人，在水之涘。

溯洄从之，道阻且右。溯游从之，宛在水中沚。

——《国风·秦风·蒹葭》

许多年前，看琼瑶小说《在水一方》。

于是，知道了这句经久不衰的"有位佳人，在水一方"。那时候情窦初开，对于佳人这个字眼的理解，就是俏丽的意思。

故乡有条丹江河，比经年还久远，她一直流动，像爱情一样从来没有停歇过，一茬又一茬地催开青年男女心中的爱恋之花。

　　小姐姐说，她二十岁的年纪，带着光的炙热，带着花的馨香，在水一方的荡漾下，游离出许多缠绵、心碎的故事。

　　她和他隔着一个村子，同在河的一边，想要见面，沿着河边走两里路就可以。河畔青草茂盛，庄稼怕水淹，东一块，西一块，芦苇也有，却稀少得很，一团一团，像故意给那些有秘密的人准备的。

　　一开始两个人谈得还好，没有波澜壮阔的画面，属于温热的踏实型。小姐姐以为这就是爱情，心安理得地享受他的呵护。

　　有一天，从另外一个村子又出现一个英俊的小伙子，方脸，高鼻梁，大眼睛好像丹江水那般清澈，个子高高大大，身材威威武武。他看到小姐姐的时候，抿嘴一笑。

　　小姐姐说，那个笑犹如春风拂面，让她心中一颤，脸颊红得好似三月桃花，她已经"恋爱"的心，突然间涟漪不断，就像平静的湖面投入一块巨石。

　　两个男孩喜欢一个女孩的情节，一点也不老套。小姐姐好像爱情骗子，一只脚踩一条船。两个男孩如同左手和右手，她哪一个也舍不得放下。

　　那时候丹江河畔已经进入秋收时节，忙碌的庄稼人，没有精力关注年轻人的破事儿。他们忙着掰玉米、割芝麻、起红薯……

　　争夺小姐姐的一场决战在红彤彤的晚霞中拉开帷幕。晚霞犹如画笔描过，深红，浅红，一层层铺散开来，落到丹江河面上，就成了波光粼粼的绸缎。

　　两个男孩比试得热火朝天，旁边鼓掌呐喊助威的放牛娃，围成一圈儿。小姐姐急得上蹿下跳，也挤不进去。青草笑眯眯地看着眼前的一切；芦苇翘着白花花的芦花；野鸭子嘎嘎几声，扎进水里；鱼儿跳出来，落下去……

两个男子，互相动武，双方身上全带有伤，还没分出胜负，小姐姐哭着，捂着眼睛跑到河的另外一边。

待两个男孩终于鸣金收兵，却发现心仪的女孩不见了。

他们找来找去，找来找去，再也没有找到！

小姐姐走了，远嫁他乡，两个男孩，沮丧得如战败的士兵，各自去走自己的人生之路。

小姐姐说，她站在那条河畔，追忆过他们两个很多次。她说他们两个都很优秀，一个温厚踏实，一个英俊潇洒，两个男孩都让她心跳，却不知道该选哪一个，无论选择谁，肯定有一个受伤。与其如此，不如三个人一起痛苦。

小姐姐的逻辑让我困惑，也不明白。或许，这就是爱情，也许不是爱情！

爱情的花朵开一千次，落一千次，情感的路程，只有一条。

小姐姐出嫁前一天，大雾弥漫，丹江笼罩在雾色中，她挨着冰冷的河边，在他们决战的地方坐一下午。丹江一声不吭，安安静静在她旁边流动，任凭她泪水滑落，不想擦去，以此追忆那一份青春！

据说，那两个斗战的小伙子，也是不约而同走向那里。薄雾像纱，阻隔了三个人的面孔。雾里看花，花不真，雾里看人，人不清。他们三个像远游时空的游客，在丹江相逢，又在丹江分手。

许多年后我读《诗经》，"兼葭苍苍，白露为霜。所谓伊人，在水一方"。

　　我揣测《诗经》中的伊人，她一定是位极美的女子，知书达理，贤惠优雅！那个爱慕她的男子，徘徊在河畔上，如画般美好的女子，被雾挡着，好似披上优美的纱裙，朦朦胧胧，却让他爱恋不已！

　　爱情，从来都神圣无比，那层空间柔弱得容不下一层雾的距离。

　　他和她隔着河，隔着雾，隔着芦苇，隔着白露，太多的阻隔，只能远远观望，揽美于书中，传承后世。

第四辑

春心莫共花争发，
一寸相思一寸灰

在爱面前，我们都是害羞的孩子，
在恋人面前，我们都是矜持优雅的青年才俊。
青青子衿，悠悠我心，弱水三千只取一瓢饮。
素手折枝，留一段千古神话；
淡淡花香，抒不尽红尘万般美好。

青青子衿，
悠悠我心

子衿

> 青青子衿，悠悠我心。纵我不往，子宁不嗣音？
>
> 青青子佩，悠悠我思。纵我不往，子宁不来？
>
> 挑兮达兮，在城阙兮。一日不见，如三月兮。
>
> ——《国风·郑风·子衿》

千年前，她在城楼上等待她的恋人，在等待的时候，她想起了他穿过的衣服，甚至他佩戴的配饰也记得清清楚楚，他的一切都让她萦绕心中，念念不忘。

千年后，我在"青青子衿，悠悠我心"中，找到许多类似的片段，让原本平淡的生活，澎湃不已。

十几年前，我在外地务工，忙碌的车间生活，把日子折腾得乌烟瘴气。和我对班的是一个二十岁左右的美丽女孩，名字叫小雪。小雪是本地人，却喜欢上一个外地男孩。在我看来喜欢一个外地人很正常。

可是江浙地区有些本地人不喜欢外地人，小雪的父母就是其中之一。且不说男孩经济条件如何，就是远嫁这一条，也让她父母难以接受。于是，小雪的爱情阻力不断，父母和亲戚轮番施加压力，像监视罪犯一般盯着她，不让她和男孩见面。

有一天，小雪实在控制不住对男孩的思念，就和我商量换班，我们上班本来是一对一地换。如果她想在正常上班时间去见男孩，那么我就要上班二十四小时，然后她也上二十四小时。

看着她祈求的眼神，我想起了当年的自己，那时候我和我爱的他互有好感，爱情的种子在心中抽枝发芽。

尽管我们在新社会的摇篮里成长，但是乡村很多习俗还是那么古老，陈旧得发霉却不敢去改变。他和我相距不远，只要抬抬腿，就能看到，然而这么点距离，却像远在天边，让焦躁的心忽冷忽热，找不到地方停泊。

一个人无奈地捧着书本，眼睛对着字，却看不进去一个。一个人提着篮子去村外的地里割草，拿着镰刀思绪又飘到天外……更有甚至，干农活的时候也想着他，傻愣愣地坐在庄稼上，让敏感的父母问东问西。

如果偶尔碰到他，一整天，乃至好多天，情绪都处于盎然中，和庄稼一样生机勃勃。这就是爱情的力量了，摸不着看不见，却左右着一个人的喜怒哀乐。

因很多原因，我和他终究没有牵手，人生的路上留下一道难以弥合的创伤。小雪的眼神触疼我的心，毫不犹豫地应了她，尽管一连二十多个小时上班，会让我累得无法喘息，但是能让一个热恋的女孩快乐，我依然愿意去做。

小雪回来的时候，满眼笑，一脸乐，像春天的花朵，惊艳得一个车间都芳香弥漫。兴奋使她喋喋不休，男孩这样好、那样好，简直没法形容地好！

许多年后，静坐桌前，曼吟《诗经》的时候，却发现小雪的爱情，和《诗经》中的女孩那么相似。我后知后觉地发现，原来世上思念得难以自禁的爱情，是从远古开始的。

爱和情，两个温暖的字眼，组合到一起，便成为不朽的词语。不管是久远年代的诗歌，还是唐诗宋词，皆是如此。

或许，自天地初开、混沌破虚时，女娲娘娘便想到世间无情不立吧！于是，她造一男一女，让他们卿卿我我，使原本寂寂无声的红尘热闹非凡。

海枯石烂爱相拥
天长地久无尽时，

丘中有麻

丘中有麻，彼留子嗟。彼留子嗟，将其来施施。

丘中有麦，彼留子国。彼留子国，将其来食。

丘中有李，彼留之子。彼留之子，贻我佩玖。

——《国风·王风·丘中有麻》

鲁迅夫人许广平曾说过：爱情的滋生，是漠漠混混、不知不觉的，她跟鲁迅之间，也不晓得怎么就彼此爱上了。实际上，他们之间的爱情发展是脉络可寻的，只是爱情异于他人之处。

原本素昧平生的鲁迅与许广平，相识于杂志中的一场论战，这场论战，就是爱情定则的讨论。

有时，鲁迅在据案写作，许广平坐在旁边看报或做手工，当两人都感到疲倦时，便放下工作，一边饮茶，一边谈天，或者再吃些零食。尽管时间很短，但他们都感到很高兴，觉得这是一天的黄金时刻。

1934 年，鲁迅赠给许广平的一首情诗上云：十年携手共艰危，以沫相濡亦可哀。聊借画图怡倦眼，此中甘苦两心知。

毫无疑问，鲁迅和许广平二人共同谱写的一曲爱情之歌，不但是至感人心的，也是激情浪漫的。

吴文藻是我国著名社会学家和民族学家，冰心（谢婉莹）是"五四"以来的著名女作家，他们是风雨同舟、患难与共五十六年的恩爱夫妻。

冰心老人在八十高龄的时候，曾风趣地讲述与吴文藻的恋爱经过。她和丈夫吴文藻的爱情故事，开始于远洋客轮上的一番阴差阳错。

1923 年上海开往美国的轮船上，冰心代同学找弟弟找错了，似乎是上天有意安排的一样，遇到了吴文藻。

前往异国的旅途中，开始了他们的爱情之旅。之后 1929 年 6 月 15 日，吴文藻与冰心于北大临湖轩举行了婚礼，来宾只有两校同事、同学，待客之物一共只花了三十四元。

"有了爱就有了一切。"这是冰心作家的一句名言，也验证着她与吴文藻不离不弃、患难与共的情缘。死后两人骨灰合葬，美满的爱情故事，成为中国现代文学史上的佳话。

《诗经》中的爱情，腾跃无数历程，穿越诸多空间，撕破万千壁垒，最后在我身边演绎，涤荡成和先贤一样的唯美神话。

千年后的今天，翻阅发黄的书卷，我把千年前和千年后唯美的爱情书写一遍。岁月的风烟，或许会吹淡一些情节，但是，那些海枯石烂的誓言，必定鲜活如初。

时光如流水，
岁月不待人

萚兮

> 萚兮萚兮，风其吹女。叔兮伯兮，倡予和女。
>
> 萚兮萚兮，风其漂女。叔兮伯兮，倡予要女。
>
> ——《国风·郑风·萚兮》

秋末时，满山红叶已经衰残，但是当着正面的日照，犹然显出浓烈的色泽。山脚的草地上，孤立着高大的古树，满树黄叶，好像染过似的。

山风吹过，听到一片簌簌轻响，当风吹得猛烈的时候，就见树叶成千成万地离树飞舞，纷纷飘落在草地上，铺作薄薄的一层。

秋日的风景中，落叶飘飞，正是《萚兮》唱歌的时节。萚，即是脱落的木叶。

如我这般伤春悲秋的女人，只是看一眼此诗，便坠入其中，与诗人一道涌发伤感的情怀，叹岁月如洪流，卷走如歌的青春，盗走美丽的年华，剩下的只是一个被日子刻下深深印痕的、伤痕累累的躯壳，和一颗无奈的心。

打小便喜欢读书、记笔记、剪报，读书的时候，摘抄过好几本优美词句，也写了很多日记，上锁后藏于抽屉中，像宝贝一样珍藏。即便后来不再翻阅，也是舍不得丢弃。偶尔想起，打开看看，就好像看到一路走过的风景。

那年从乡下搬进城市，很多旧东西都丢弃了。打开抽屉翻出那些本本薄薄，多年尘封的笔记落满灰尘，用嘴吹，尘埃四散。

抽出一个用塑料袋子裹着的东西，却发现是一叠厚厚的、已经发黄的信笺，拆开看全是中学时代的书信，刹那间，一阵怀旧的情绪扑面而来，一股莫名其妙的感觉呛进心中。

女同学的信比较多，那个从小学就一起读书的女孩，在我们都考上中学后，却不知道什么原因，渐渐地疏远了。我和她之间似乎横隔了一条河，再也走不近彼此，可是又舍不下对方。于是，用信表述心情，一个校园不需要邮戳，同学捎来捎去，像拉大锯般。

稚嫩的笔尖，倾诉内心，少女的情怀在朴实无华的字里行间流露，霎时久违的温暖涌遍全身，喉咙哽咽，眼眶也渐渐湿润，仿若时光倒流，回到昨天。

很多年后，在小城偶遇，那些曾经的隔阂像雾忽然散开，留下两个泪眼蒙眬的女人。岁月剥去了青葱的年华，那份沉淀在心底的友谊，再次挽起手走进红尘。

步入中年后，更多时间在写作中度过，笔杆好像钥匙，打开一道道情感的门，墨水触动灵魂，把一个又一个故事剥离出来，跃然纸上，形成怀旧的篇章。

亲情、友情、爱情，每一种情愫都能引起诸多思绪，闭上眼，以为自己还是幼稚的孩童，睁开眼，却发现自己的孩子已经不是孩童了。

近两年，曾经在我心里伟岸高大的亲人，一个个离我而去，让我伤心的同时，也感叹岁月如流水，时光不待人。在人生的大舞台上，不管是什么角儿，都逃不过宿命的安排，最后尘归尘土归土。

去年，一代武侠小说作家金庸先生离去了，让我唏嘘的同时，暗自伤怀。屈指一算，儿时喜欢的好几位作家，几乎驾鹤西去。童年、少年、青年，乃至中年，因为爱读书，对那些文坛巨匠，总有千丝万缕的仰慕和尊敬。

身边的亲人、仰慕的文人、活跃娱乐界的星们，抑或各种动物，但凡有生命的物种，谁也抵挡不了自然的规律，就像落叶在季节中辗转，即便绿过，也是为了最后的黄。

《诗经》几百篇，最先读到和岁月流逝有关的便是《蓼莪》。感慨的同时，也释怀一笑，世间万物，有始便有终，就如佛家的有因便有果。

生为人，当微笑着与清风一起，染绿大地；当静谧地与日月为伴，照亮长天，陪伴草莽。唯有如此，才算善待生命，不负韶华。

以日月的
名义起誓

日月

日居月诸，照临下土。乃如之人兮，逝不古处。胡能有定？宁不我顾。

日居月诸，下土是冒。乃如之人兮，逝不相好。胡能有定？宁不我报。

日居月诸，出自东方。乃如之人兮，德音无良。胡能有定？俾也可忘。

日居月诸，东方自出。父兮母兮，畜我不卒。胡能有定？报我不述。

——《国风·邶风·日月》

如果时间能倒流，我一定要回到远古，迎着日，踩着月，跑到这位写《日月》的诗人前。问问她，究竟因了何事，被丈夫抛弃了。

这是一个无聊的谜底，不管怎么样，她形单影只了，没有丈夫的疼爱和照顾，她在苍茫的人世间，显得那么单薄、无助，只能无奈地仰天叹息，发出不甘的呐喊。

她的内心世界是复杂的，是被遗弃后的幽愤，她指责丈夫无定止。同时又很怀念她的丈夫，仍希望丈夫能回心转意，能够照顾她、搭理她。理智上，她清醒地认识到丈夫"德音无良"。情感上，她仍希望丈夫能回心转意。

朱熹《诗集传》说："见弃如此，而犹有望之之意焉。此诗之所为厚也。"这种见弃与有望之间的矛盾，又恰恰是弃妇真实感情的流露。

那个女子，她生命的小舟该驰向何方？我们无法探究，只能沿着她的诗行，追寻风雨人生的前人旧事。

大汉王朝的陈皇后阿娇，倒是和《日月》中的女子有相似之处，被汉武帝遗弃后，花重金请司马相如作了一首经久不衰的《长门赋》。

自古帝王多无情，更何况一开始汉武帝就不喜欢陈阿娇，为了能平稳登上帝座，才答应与阿娇的婚姻，大婚后便弃之而去。陈皇后当是历史上最典型的弃妇代表了。

司马相如可谓用心良苦，把一首《长门赋》写的委婉悠扬、荡气回肠，令人读之心伤不已，感动无数人泪奔。每每读之，好似看到陈皇后娇俏的泪目，梨花带雨的忧伤。一首赋，把陈皇后被遗弃后苦闷和抑郁的心情表现得淋漓尽致，让后世喜赋的文人骚客感慨不已。

中国历史中最为诗意的弃妇当属唐婉了。陆游的一首《钗头凤》也是话尽了情场的滋味。尽管陆游和唐婉是陆母棒打鸳鸯散，无可厚非，唐婉也是当得起弃妇了。好的是，他们尽管被迫分开，却依旧心念着对方。这对漫延在历史天空下的有情人，可谓弃得不情不愿，难舍难分。

也因了他们的分离，给我们留下了千古名句："红酥手，黄滕酒，满城春色宫墙柳。东风恶，欢情薄，一怀愁绪，几年离索。错，错，错！春如旧，人空瘦，泪痕红浥鲛绡透。桃花落，闲池阁，山盟虽在，锦书难托。莫，莫，莫！"

错，错，错，人生何处没有错，有些错可以纠正，有些错就覆水难收了。

网上看到一条新闻，一女子和丈夫刚结婚没有多久，男子却有了外遇，她屡屡劝止，期盼他能回头。谁知那男子，嘴上应允，依旧和情人暗度陈仓。女人气不过，趁男子熟睡之际，乱刀砍之。原本幸福的生活，因了男人不按规则出牌，最后以悲剧收场。

阡陌红尘，在婚姻这座城堡里，从古到今，每天都有五颜六色的故事演绎，我们身居其中，不懂也要懂。

如此分析，我更想奔回远古，规劝写诗的诗人，既然他不爱了，那就放手吧。一个心里没你的人，无论对他多好，也是对牛弹琴，白白浪费感情。

有人说"结束一段痛苦的婚姻，就是幸福生活的开始"。我们要相信，天涯何处无芳草，离开不良的人，或许下一个路口，就有一段旷世奇缘。

驾着大车私奔吧

大车

大车槛槛，毳衣如菼。岂不尔思？畏子不敢。

大车啍啍，毳衣如璊。岂不尔思？畏子不奔。

穀则异室，死则同穴。谓予不信，有如皎日。

——《国风·王风·大车》

我要向他缴械投降了，向他的爱、他的情，向他的执着和勇敢。

那个驾着大车的男子，在狭长的驿道上奔驰，隆隆的车响，丝毫不影响他澎湃的心，一边驾车一边发出内心的呼吁，你到底敢不敢与我相爱呢？

沿着这样的疑问，走进那方爱的天空。原来小伙子和一个姑娘恋爱了，但是姑娘家里人有些不愿意，姑娘的爱情遭到了阻挠。小伙子看姑娘的态度松动了，于是，指天发誓，一定要和姑娘百年好合，携手一生。要是生不能同床，死也要同穴，足见对爱情的坚贞、强烈。

在那个信奉鬼神的时代，对天发誓可是一件了不得的事情。单单这点，便让我们看到小伙子对姑娘那种至死不渝的爱。

我又想起了元好问的那首"问世间，情为何物，直教生死相许？天南地北双飞客，老翅几回寒暑。欢乐趣，离别苦，就中更有痴儿女。"

记忆中有段苦涩的爱情。那年在外地打工，有个本地女孩，喜欢上我们同一个车间的机修工，但是家里人嫌弃那个男孩，死活不同意。女孩拗不过家里人，最终含泪和男孩分手，在父母的安排下相亲。

俗话说"哀莫大于心死"。女孩在和男孩无果的情况下，随便见一个男孩，然后领证结婚了。让人大跌眼镜的是，头一天结婚，女孩第二天便又去离婚了。

这样的消息传进车间，我们都惊诧得目瞪口呆。因为彼此来自五湖四海，没有深入交流。所以，其中有什么原因都不得而知。但是，可以肯定的是，女孩不喜欢那个和她结婚的男孩，她的爱情早已给了车间的那个机修工。

很久以前，我们这里的婚嫁也讲究门当户对，在老人们心里，门不当户不对的婚姻是不会幸福的。

那年，我和他也相互喜欢，朦胧的感情日渐滋生，但是卡在两个人之间的鸿沟，恰恰就是门第观念。原本十分疼爱我的父亲，在这件事上始终坚持己见，不肯松口。

我这个所谓的乖乖女，只好含泪舍弃其一。我的爱情像冒出头的嫩叶，还没有成长，就夭折在烈日的暴晒之下。许多年后想起来，依旧心疼得很。

这首诗也让我想起了老友写的一本书，《蹚过内心的河流》，那本书实际上是他的一本回忆录，以小说的形式记叙过往的故事，在长达六十年的回忆中，其中一个细节让人感慨万千。女主和男主在青春的时候相互喜欢，由于历史背景和家庭不同成分的原因，两个人没有走到一起。

这样的安排按我们现在的口语便是"有缘无分"。但是，女主却痴心不改地一生未嫁，成了我们这个时代的单身一族。读了那本书后，在唏嘘的同时，我猜想男主的心里定有一团解不开的结，是亏欠还是内疚，是感动还是无奈，也不好细说。

爱情就像一束璀璨的烟花，在每个生命中燃放，有的爱如昙花一现，便消失在人海，有的爱却鲜艳如初，涤荡成不朽的神话。

诗经里的爱情呢，我想那个赶车的男子，一定是载着心爱的女子，高高兴兴地私奔了，两个人幸福快乐地生活在一起。

人生只有
情难死

狡童

彼狡童兮，不与我言兮。维子之故，使我不能餐兮。

彼狡童兮，不与我食兮。维子之故，使我不能息兮。

——《国风·郑风·狡童》

英国女作家夏洛蒂·勃朗特的小说《简·爱》中有这么一句话："要自爱，不要把你全身心的爱，灵魂和力量，作为礼物慷慨给予，浪费在不需要和受轻视的地方。"

若果能穿越到《诗经》年代，我很想把这句话捎给那个失恋的女孩，告诉她，抓不住的爱就放弃吧，为一个不爱自己的人寝食难安，是极不尊重自己的行为。

达尔夫人说："爱情对于男子只是生活中的一段插曲，而对于女人来说则是生命的全部。"这句话真是映照了《诗经》里那个失恋的女孩了。

　　《诗经》中的女孩大概是被小伙儿抛弃了，小伙儿从开始不和女子一起吃饭到后来的分居，明显是一种疏远的方式，通过渐循渐进的办法离开女孩。

　　女孩的感觉是敏感的，她察言观色到小伙儿对她的举动，失恋的痛苦无以复加，食不甘味，寝不安席。痛苦中发出呐喊，倾诉怨恨，让一个负心的男子栩栩如生三千年。

　　改革开放初期，那时候广播刚开始播放，从收音机里听到路遥先生的小说《人生》，里边的男主高加林，遭到千家万户的骂，被誉为"负心汉"。

　　高加林在落魄的时候，被村支书的女儿刘巧珍看上。他不费吹灰之力就可以拥有那个"高挑的身材像白杨树一般可爱，从头到脚所有的曲线都是完美的、扑闪着水灵灵的大眼睛"、出身"财主"家庭，对他一往情深的刘巧珍。可是因为他对生活的不甘和对爱情的渴望，以及一些虚荣心，在踏进城市的门槛时，抛弃了前女友刘巧珍。

　　高加林的不忠行为，在刚刚开始接受自由恋爱的 20 世纪 80 年代，像一颗炸弹丢在青年男女之中，激起民愤，就算是一个虚构的人物，也让国人愤懑不已。

　　纵观中国历史，负心的汉子多不胜数。尤为典型的是那个被黑面包公铡了的"陈世美"。尽管这也是戏中的一个人物，但是戏剧来源于生活，正是因为有这样的生活案例，才给执笔书写的人提供了素材。

　　"陈世美"三个字几乎就是负心汉的代名词，他与秦香莲的故事家喻户晓。由于这部戏的科普，古往今来，男人有钱就变坏，几乎成了定律。女孩在恋爱的时候，就在家长的叮嘱下，擦亮眼睛，读懂对方，免得最后男子负了心，被抛弃后，哭都哭不出来。

《诗经》年代，爱情就像是混沌初开，一切都是原始状态，那时候的男女没有现在的繁文缛节，喜欢谁就大胆地喜欢。抑或正是因为爱情的随意，也留下许多令我们感慨的情爱故事。

就像《狡童》里的女子，她被抛弃了，只能独自痛苦，承受爱情的苦果，没有法律的约束和保护。

"人生若只如初见，何事秋风悲画扇。"纳兰性德的一首《木兰词》似乎更能诠释那些最初相爱、最终却不能在一起的恋人吧！

归鸟有期，等待无尽

晨风

歔彼晨风，郁彼北林。未见君子，忧心钦钦。如何如何，忘我实多！

山有苞栎，隰有六驳。未见君子，忧心靡乐。如何如何，忘我实多！

山有苞棣，隰有树檖。未见君子，忧心如醉。如何如何，忘我实多！

——《国风·秦风·晨风》

最近看了一部传说故事，说混沌初开时，盘古大神抡起开天斧，一斧劈开天地。天地分开后，盘古怕它们还会合在一起，就头顶着天，脚蹬着地。慢慢地，天和地逐渐成形了。

盘古身死道消，身体发生巨大的变化。他呼出的气息，变成了四季的风和飘动的云；他发出的声音化作隆隆的雷声……

天地有了，江河有了，花草树木也有了。

慢慢有了龙、凤凰、麒麟等神奇物种。随着时间的推进，龙、凤凰、麒麟都想成为天地霸主，一场大战导致种族毁灭。后来出现了妖族、巫族，他们同样起了贪婪心，再次大战导致种族毁灭。

妖族和巫族毁灭后，女娲娘娘捏的泥人族，终于从角落里走出来，成为天地间的主人。据说女娲造人是想以大功德成就圣人，与天同寿。

故事里，作者写到人类并不是女娲娘娘一个人造的，而是和她的丈夫伏羲一起，但是为了让女娲成就圣人，伏羲甘愿下界，沦为凡人。

女娲娘娘成就圣人之后，找到沦为凡人的伏羲，发现轮回之后的伏羲对她没有爱了，她悔不当初，非要把圣人之位还给盘古大神所化的大道空间。

伏羲不允许，于是这对曾经的夫妻，像烟火夫妻一样，有了摩擦和争吵。尤其是女娲娘娘，她满脑子风花雪月，而伏羲却因为推演八卦图，一直闭门钻研。这情景与他们从前夫妻恩爱的场面极为不符，别扭得要命。

后来，伏羲推演八卦图成圣，而女娲娘娘却因伏羲的"薄情"而干扰人类的天道秩序，受天地惩罚。伏羲为女娲背上黑锅，甘愿被逐出这方天地空间。

故事很凄美，爱情很绝唱。这时候女娲才知道，伏羲不是不爱她，而是爱入骨髓，只是不愿拖累她。他早就推演到自己终究有一天会被抛向天外，所以才不肯接受女娲娘娘的爱。

女娲痴痴地等，言道，哪怕是天荒地老，也要等着伏羲回来。

虚构的故事荡气回肠，凄美的爱情婉转悠扬。

读到《诗经·晨风》的时候，就想起了这个小说故事。或许这里的情节不能与之匹配，但是，同样是等待一个人，朝思暮想的爱情，一个女子痴心地渴望，等待重新见到朝思暮想的他。

《诗经》里，傍晚时候，小鹰隼疾飞掠过，栖落在郁郁苍苍的北树林。女孩痴痴地等候朝思暮想的夫君。高高的山上有茂密的栎树，洼地里梓树、榆树繁茂成荫。女子如痴如醉，却又忧心如焚，是不是忘记她了呢？为什么一直不来！

女孩的痴心感染世俗的饮食男女，在我读来，或许她的那个他，已经另结新欢了吧，辜负了她。而她，却依旧矢志不渝的等候，痴心女子负心汉，当是说他们的吧！

多年前认识一个女孩，她和先生本来还好，有一个可爱的女儿。有一次吵架，冲动之下说离婚。没想到她先生说，离就离。

两个人剑拔弩张去了民政局，红本本换成蓝本本。

离婚一段时间后，她总感觉事情太蹊跷。往常两个人生气，也提到离婚，每次先生都是哄她，她性格大大咧咧，说出去的话一般不在意，先生嘻嘻哈哈哄一哄，也就过去了。这次随口一说，他竟然没有拒绝，而且跑得比她还快。

两人离婚不到一个月，她的前夫就再婚了。这时候她才知道，其实他在几个月前已经有了外遇，一直不知道怎么和她说离婚的事儿，刚好遇到一点小事，就点燃两个人之间的战火，顺势下坡，直接拿了离婚证。

　　她给我们说这些的时候，笑着笑着就哭了起来。说世上的负心男人不知道有多少，刚好她就遇到一个。

　　女儿判给她，为了生活，一个人不得不远赴他乡打拼。

　　她很要强，咬着牙，硬是凭着一番毅力，挣下一份家业，在省会城市买了房子，把女儿接过去，母女俩也过得幸福。

　　风雨过后见彩虹，度过那段艰苦的岁月，她的日子，绽放成一朵美丽的花。

　　她说，两个人相处，有爱时，是灵魂的伴侣；无爱时，放弃也无所谓。对饮食男女来说，爱情有时候很重要，有的人能相濡以沫，有的人只是当作一种调料。

令人感动和向往，

如此美好的爱情

出其东门

出其东门，有女如云。虽则如云，匪我思存。缟衣綦巾，聊乐
我员。

出其闉闍，有女如荼。虽则如荼，匪我思且。缟衣茹藘，聊可
与娱。

——《国风·郑风·出其东门》

有人说："如果你真的深爱一个人，那么就算转换了时空、变
了容颜，你也能从千百万人中认出那个熟悉的灵魂，然后再次地爱
上他。"

这大抵便是爱情的真谛了，爱一人的感觉无法说清，却又甘之
如饴，精神和灵魂都处于兴奋之中。就像《诗经》的主人公，他一
出门就看到无数的美女，那么养眼，那么漂亮，欣赏之余，他依旧

想起了他的心上人，一位素衣绿巾的贫贱之女！

在诗人心里，只要相知相爱，是没有贫富贵贱之分的，这当是弥足珍贵的真挚爱情了。

记得一首歌，名字叫《安妮》。是台湾歌星王杰写给初恋女友安妮的。一天学校举办舞会，角落里坐着一个漂亮的女孩，王杰的同伴为了看他的笑话，在明知那女生腿有残疾的情况下，叫王杰去请她跳舞，而王杰在不知情的情况下去了，当女生问他是否确定请自己跳舞时，王杰点头确定。

女生兴奋地站起来走了两步，脚发出"咔嚓"的声音，王杰这才知道实情，但是他们还是坚持跳完那一曲。在以后不断的接触中，渐渐有了感情，这便是王杰的初恋，那年他十五岁。

后来安妮回美国，他们约好下次见面的地点，整个暑假，王杰都在等待，盼望安妮回来。可是暑假过完了，安妮没有回来；下一个暑假过了，她还没回来。再后来，他知道安妮出车祸去了。极度痛苦崩溃中，有了这首凄美的《安妮》。

王杰的爱情，似乎再一次为我们验证了，爱情无界限，爱了就是爱了，哪怕残疾也好，心里有情便没有任何隔阂。

最美的爱情，当是两个人心心相印，朝着最好的方向发展。

一代文豪钱钟书和他的妻子杨绛，更是爱情至高境界的典范。在一篇文中读到，钱钟书文章写得极好，生活却很不规整，他不会做家务，在杨绛住院期间，不是打翻了墨水，就是把台灯弄坏，家里被搞得一团糟……

而杨绛得知这些，却一笑而过，说没关系，这些她会修。

伉俪情深的许多细节，每每读之，不仅羡慕，而且敬佩。一双人，一辈子，把一份感情经营得如此浪漫，又如此真实，是多么有品位的事。

据说就是这位"笨手笨脚"的钱作家，在接妻女回家后，亲自给杨绛炖了鸡汤，还剥了碧绿的嫩蚕豆瓣，煮在汤里，盛在碗里，端给她喝。

如果说恋爱是世间浪漫的一朵花，那么婚姻便是世间温暖的一个窝，在爱你的眼里和世界中，所有的笨拙都会变得细腻，所有的迟钝都会变得体贴。

回到那首《出其东门》，细细咀嚼，在眼花缭乱的美女丛中，才情盎然的诗人，就已经把爱情的至诚至忠演绎得淋漓尽致。

"缟衣綦巾，聊乐我员""缟衣茹蘆，聊可与娱"。素钗布衣又如何，他只要爱她，就足够了。如此美好的爱情，真的令人感动和向往。

**你是
我的英雄**

大叔于田

　　叔于田,乘乘马。执辔如组,两骖如舞。叔在薮,火烈具举。
袒裼暴虎,献于公所。将叔勿狃,戒其伤女。

　　叔于田,乘乘黄。两服上襄,两骖雁行。叔在薮,火烈具扬。
叔善射忌,又良御忌。抑罄控忌,抑纵送忌。

　　叔于田,乘乘鸨。两服齐首,两骖如手。叔在薮,火烈具阜。
叔马慢忌,叔发罕忌,抑释掤忌,抑鬯弓忌。

　　　　　　　　　　　　——《国风·郑风·大叔于田》

　　"情人眼里出西施",对于男人和女人都是通用的。

　　爱上一个人,就爱上了他的所有,哪怕是缺点,在彼此的眼里
也是美好。

　　"大叔于田"是威武的男子,在熊熊燃烧的大火中,把猛虎堵在
深草之中,他脱去上衣,火光照亮他的身子和脸,也照亮了将要拼

死的困兽。嗷嗷狂吼的猛虎，赤膊搏斗的大叔于田，让读者读到了惊心动魄的一幕。

姑娘看着心爱的他打死猛虎，而且面不改色地把猛虎扛起来送到君王面前，轻松得就像没事一般。他是她心中的勇士，是大家眼中的勇士，她对他的爱越发浓烈深厚了。

想起了一部小说，金庸先生的小说《射雕英雄传》，男主郭靖是一个憨厚的男子，如果把他的智商放在当代，估计连及格都不容易，且模样一般，算不得英俊。

女主黄蓉则是一位活泼可爱的女孩，灵动机智，美貌与智慧并存，可谓人见人爱、花见花开。我们经常说，物以类聚人以群分，按理说，这样性格的两个人怎么也不适合，可是他们恰恰就相爱了，应了现在说的"互补"。

在爱的城堡里，黄蓉死心塌地地跟着郭靖，由此还吃蒙古公主华筝的醋。郭靖愚钝，不解风情，后知后觉地摸头傻笑，让这段爱情多了传奇色彩。

整部小说因了郭靖和蓉儿的爱情，让人爱不释手，读来抿嘴一笑，这当是世间最美的爱情，和"大叔于田"一样，怎么看，他都是英雄。因了对他的崇敬，便少了世俗的拜金，这样的爱情无疑是世间最纯的了。

如果说郭靖和黄蓉的爱情是奇葩组合，那么杨过和小龙女的爱情故事最为打动人心。小龙女比杨过大八岁，按照师门辈分，还得被杨过称为"姑姑"。

可是两个人就那么不顾一切地爱了。杨过是一个性格奔放的人，因为爱，在古墓中陪伴小龙女很多年。按照现在的说法，实属不易。好比一个爱打扮逛街的女子一样，让她素面朝天，整天宅在家里，肯定是受不了的。

但是杨过做到了，而且和小龙女在古墓中一待就是很多年。

《神雕侠侣》中，女主是相当保守的小龙女，男主是性格奔放的杨过，金庸老先生却非要让他们走到一起。

我想，这大概也是爱情的一种，小龙女和杨过在古墓中相守，朝夕相处植下的深情，是其他女孩无法相比的，所以，两个人携手一生，是作者必须安排的，不然，读者也不愿意了。

在小龙女心中，比自己小八岁、称为"过儿"的男子，就是她心中的英雄。

小说中的爱情，是虚拟的，生活中的却是真实的。朋友的女儿处了一个对象，年纪比她大五六岁，她自己觉得哪哪都好，可是朋友却觉得男子岁数大了些，一个劲儿地说不合适。

但是她女儿喜欢，她又无可奈何。

我们在一起说这个事的时候，朋友黯然一笑，说孩子大了，管不了，由着她自己吧。

"问世间，情为何物，直教生死相许？天南地北双飞客，老翅几回寒暑。欢乐趣，离别苦，就中更有痴儿女。"元好问的《摸鱼儿·雁丘词 / 迈陂塘》似乎更能说明世间的爱情，其中的酸甜苦辣，只有身居其中的当事人，才能体会清楚。

不管男人还是女人，爱了就爱了，一个人一辈子能有自己深爱的人和深爱自己的人，定是前世修来的缘分，当捧在手心里珍惜。

第五辑

可怜夜半虚前席，
不问苍生问鬼神

千年前的姻缘，在植物的葳蕤和凋谢中起起落落，

有情人青梅竹马，两小无猜；

无缘近在咫尺，难以牵手。

时光的河流中翻卷浅浅的涟漪，

她看他笑得含蓄，他看她笑得甜润，

属于两个人的情愫，是活色生香的啊！

**青梅竹马，
两小无猜**

芄兰

芄兰之支，童子佩觿。虽则佩觿，能不我知。容兮遂兮，垂带
悸兮。

芄兰之叶，童子佩韘。虽则佩韘，能不我甲。容兮遂兮，垂带
悸兮。

——《国风·卫风·芄兰》

翻开《诗经》目录的时候，挨个儿看，看到哪个标题美，就翻
到那一页，典型的选择性读书。通过读一遍《诗经》，算是吸取了一
个经验，文章的标题至关重要。

被《芄兰》这个名字吸住了，释义读了好几遍，忍不住地笑，
真是一双可爱的人。他佩带上觿，便觉得自己是真正的男子汉了，
一下子稳重老成许多。成熟的他，在多情的女诗人眼里，实际还是
以前那个"顽童"。

芄兰的荚实与觿都是锥形，很相像。诗人即景起兴，触景生情，产生联想。

女诗人与"童子"，青梅竹马，两小无猜，关系非常亲密。然而自"童子"佩带觿、套上韘以来，对她的态度却冷淡了。

是因为他长大了吗，或许是矜持了？女诗人的爱，在男子佩觿佩韘后，表现得尤为突出。就要唤他"童子，童子"，娇叱的口吻，让我想起一个小女孩的爱恋，那种卿卿我我是多么的美好。

《诗经》的爱情，直白，大胆，不拖泥带水。与植物一样，该开花的时候开花，该凋谢的时候凋谢，从来没有扭捏之态。

女诗人看到"芄兰"想起他，于是有了这首让后世读者回味无穷的佳作。植物的魅力有了替代的角色，而且是个完美的男子，更加令人浮想联翩。

释义说，这首诗是说一个成年女子嫁给一个十二三岁的孩子，作诗表达不满。究竟是怎么样，我觉得不重要了，重要的是我们了解了许多从前的风俗。

小时候，听老人们讲故事，最为奇特的便是四爷十二岁开锁和结婚一并举行的事情。

四爷的父亲没有子嗣，过继了他大哥的儿子，太稀罕了，捧在手心养着。

那时候十二岁开锁待客，是富裕人家才做的事。四老爷更牛气，直接给儿子说房媳妇，摆酒席时，一顶花轿抬来了十八岁的四奶奶。

新娘子顶着红盖头，等着拜堂，却不见了新郎。大家四散去村里找。找来找去，最后在一棵大榆树上找到了掏鸟蛋的四爷。

四老爷吓得腿肚子打战，生怕他儿子掉下来。又是哄，又是骗，终于把四爷从树上弄下来，拉着去拜堂的时候，那小子又尿了。

我爷爷成家的时候，也只有十五岁。还是一个半大小伙子，不懂男欢女爱，奶奶虽然十八岁却性子软。一个不懂情，一个没脾气，两个人凑到一起，竟然不知道洞房，以至也成了搞笑的回忆。

中国历来以"修身齐家治国平天下"为人与社会关系的顺序，又有"不孝有三，无后为大"的传统思想，因此，早婚在从前比比皆是。

按照《礼记》所规定的男女成年标准来理解，古代嫁娶年龄一般是男二十岁、女十五岁。

但各朝代略有不同，据《梁书·张缅传》和《周书·城冀传》记载，梁高祖的四女儿富阳公主和北周高祖女儿平原公主都是在十一岁就出嫁了；汉昭帝八岁继位，娶了刚满六岁的上官安女为皇后。

南北朝时，如果女孩适龄仍未出嫁即为犯法，家里人都是要跟着坐牢，这也就是《宋书·周朗传》中说的"女子十五不嫁，家人坐之"。

比起古代十来岁的早婚，前几天看到头条新闻，称"95后"开始被催婚了。按年龄算，"95后"二十多岁了，无疑是到了适合婚嫁的年纪。

不过尽管如此，在古代也有晚婚，在当代也依然有早婚。任何时候，婚姻都是生活中的头等大事。

远古时，草木葳蕤，花开遍地，大片的土地滋生饮食男女的俗世情爱。男孩女孩情窦初开，互相开始传递着爱情的细枝末节。我们读着读着，情感越来越深厚。

　　回头再看一眼村里的四爷，娶了媳妇，还是个不谙世事的小子。
爷爷也是，娶了奶奶，依旧懵懂。

　　爱情的模样，应该是男子有宠溺的眼神，女子有多情的电波；
神态羞涩，心儿狂跳；你看我，我看你，抿嘴一笑，全是甜蜜。

等你等得
我心疼

褰裳

子惠思我，褰裳涉溱。子不我思，岂无他人？狂童之狂也且！
子惠思我，褰裳涉洧。子不我思，岂无他士？狂童之狂也且！

——《国风·郑风·褰裳》

有句俗话"两条腿的蛤蟆不好找，两条腿的男人多的是"。这句话经常被闹矛盾的夫妻拿出来，偶尔也会被恋爱中的男女用。仔细品读，却是话粗理不俗。文雅的说法应该是"天涯何处无芳草"。

看过一个故事，男孩和女孩热恋，有一天他们约会的时候，男孩迟迟不到，女孩左等右等好几个小时，最后失望而去。

她生闷气，在心里嘀咕，难道非要在一棵树上吊死？离开男孩这棵歪脖子树，就不能活了？她给男孩打电话也没有人接，她气得把电话摔了。在电话落地的那一瞬间，电话响了，她想捡起来已经来不及了。

剧情很悲惨，男孩因要去花店给女孩买花，想向她求婚，赶来的路上堵车，男孩为了能快点见到女孩，拐弯转了一个大圈，却因为路滑车速快，出了车祸。男孩昏迷的最后时刻，拨通她的电话，她却摔掉了手机……

这是个折磨人心的故事，主人公是两个初涉爱情的青年男女，他们很单纯，心思淳朴，在爱的世界里不希望有任何瑕疵出现，但是人世间总有这样那样的意外，把一段美好的姻缘打破，抑或是错过。

许多年前，我最好的朋友失恋了。她哭得稀里哗啦，一再和我说，想让我以旁观者的身份去劝劝他，说不能失去他，没有他该怎么活下去。

我摸着她冰凉的手，她像抓住一根救命的稻草，一边哭一边诉说她的无奈和痛苦。

我不知道该怎么劝，在他们的感情里，掺和不了旁观者的情绪。一开始都是她投入太多，最后伤心的便是她。爱情终究不是一厢情愿的事儿。

有人说："所有的离开都是不够爱。"他以家人不同意为借口，就说明了最重要的问题。女友一开始不明白，寻死觅活。最后冷静下来，想清楚前因后果，弄懂了只有从自己爱的旋涡中跳出来，才能活出自己。

多年后回首往事，女友嘿嘿一笑，说当年真是太傻了，这世上啥都缺，最不缺的就是男人了，此语也是粗鄙的俗话了。

读《褰裳》这首诗，很敬佩那时的女子，爱得干脆利索，你要是喜欢我思念我，就赶紧来，提起衣襟渡溱来，她的爱很炙热，也很狂放。在古代的女子中，当是性格爽朗豪放型了。

然而，她等了许久，心上人也没有及时来约会，不免有些伤心，即便如此也毫不示弱。你若不想我，难道我就没有他人爱了嘛！

这种火辣辣的性格，让每个读者都打心眼儿里喜爱。

沿着女主的脚步，去探究《诗经》的情谊。我想女主终究是爱他的，这些宽泛的豪言，可能是安慰自己，外表装出不在意的样子，无非是要激得心上人更疼她、爱她而已。

用我们今天的话说，这就是"欲擒故纵"了。在不断的张弛中，让男子越发喜欢她。所以她刚刚冷若寒霜，吐出一句"岂无他人"，随即又扑哧一笑，戏谑地调侃对方"傻小子呀真傻态"了。

这句话足以体现女主对他的亲昵，那种活泼可掬的娇俏模样，隐含着爱情的美好，也折射女主的爽朗。

在她的爱情世界里，有几分幽默、几分狡黠、几分矜持、几分刚强、几分泼辣、几分可爱、几分可亲，还有几分小女人。

她就是一个人见人爱、花见花开的女孩。

留守的女人

汝坟

遵彼汝坟，伐其条枚。未见君子，惄如调饥。

遵彼汝坟，伐其条肄。既见君子，不我遐弃。

鲂鱼赪尾，王室如毁。虽则如毁，父母孔迩。

——《国风·周南·汝坟》

生活真像一只万花筒，藏着各式各样的美好，也藏着形形色色的酸涩。留守女人，本以为是新时代女人特有的称呼，回到《诗经》一看，原来从那时便开始了。

仔细回忆，发现藏在记忆中的故事还真多，记得最清楚的是宋代女词人，婉约词派代表，有"千古第一才女"之称的李清照。

她十八岁与太学生赵明诚结婚，赵是金石家，前期生活安定优裕，作为太学生的赵明诚很多时间不在家里，与李清照过的是聚少离多的生活。

在这期间，李清照写了大量的闺阁之怨或是对出行丈夫思念的诗词，如《渔家傲》，"造化可能偏有意，故教明月玲珑地。共赏金樽沉绿蚁，莫辞醉，此话不予群花比。"

"征鸿过尽，万千心事难寄"《念奴娇》；"云中谁寄锦书来，雁字回时，月满西楼"用《一剪梅》；"雁过也，正伤心，即是旧相识"，《声声慢》。这些诗词既经典，又触景生情，生动地反映出作者彼时彼地的复杂内心世界。

李清照的诗词率真自然、明白易晓，典故与词境水乳交融，达到了点铁成金、脱胎换骨、以故为新的境地，构成完美的艺术整体。让读者不仅读到她的思念之情，也读到了她超凡的才情。

触摸《汝坟》的时候，心很痛，像是碰到内心的忧伤。那些诗句划过脑海，一个在山上砍柴的女子，孤独无助，泪眼迷蒙的样子，也让读者心伤不已。

很多年前，带着幼子入住小城。陌生的街道，陌生的人和事。但是为了孩子有个比较好的读书环境，也就住了下来。先生和其他务工人员一样，背着行囊去寻找诗和远方。

日子好像应该是这样，他外出挣钱，我留守在家带孩子。唯一比《诗经》里写诗的女子好的是，不用上山砍柴，不用干体力活，而是用自己的智慧，用感情丰富的大脑，读书写字，算是比较轻松的工作。

生活好像又不应该是这样，偏离了夫妻的相守之道，婚姻便有诸多问题出现，这是令人无奈的。

该祝福《诗经》里的女子，他的先生依旧爱着他。该庆幸，我的先生也知道回家。

如果日子能这样停顿下来，未尝不是绝美的传说。可是生活还在继续，《诗经》里的女子，她的先生因王朝多难、事急如火，不能在家多耽搁、更不能有恋家的思想。

可怜的女子，她哀求无果，陷入绝望之中，万般无奈中向先生发出凄凄质问，夫妇之爱，纵然被无情的徭役毁灭，但是濒临饥饿绝境的父母呢，他们的死活你怎么能不顾？

一个女子以这样的口吻和先生说话，定是对自己没有信心了。用赡养公婆作为祈求先生留下的条件，于她而言，是无奈中的无奈了。

古时候，一切都处于原始状态，生活来源困难。一个娇弱的女子，既要为一日三餐打拼，还要照顾公婆，那种日子，想有多难就有多难。她的凄苦和悲伤像悬空的花，没有落脚的地方。

如我们处于这么优越的时代，米面柴油皆可买来，还觉得无助。有时候孤独来袭，像一把冷箭射进内心和脑海，就像一只无处可藏的孤雁，承受红尘的风雨和磨砺。

社会发展至今，许多东西淹没在苍茫黄沙之中。《诗经》中写诗的女子，以她独有的方式，把她留守的孤独和哀伤写了下来。我猜想，她抒发心情的时候，一定没有想到不经意做一首闺怨的诗歌，能传承几千年。该幸，还是该庆？

月华如水
美如斯

月出

月出皎兮，佼人僚兮。舒窈纠兮，劳心悄兮。

月出皓兮，佼人懰兮。舒忧受兮，劳心慅兮。

月出照兮，佼人燎兮。舒夭绍兮，劳心惨兮。

——《国风·陈风·月出》

我是从古诗词中喜欢上月亮的，就像现在看到《月出》，就爱极了这个名字，光是眼睛看，便感觉到月华如水的娇美了。

"月出皎兮"，反复阅读，越读越美，美得不沾一丝尘埃。

张爱玲说："生命是一朵千瓣莲花，我拒绝了绽放的同时，我也拒绝了枯萎和零落。"

我说月亮是太阳的极致，错过了日出日落，决不能错过月亮升起的夜晚。

《诗经》中的诗人就是这样，他没有错过凝脂的月，在欣赏一轮皎洁的月亮时，想起心爱的女子，想起她的身姿，想起她的体态，越思越忧，越忧越思……深沉的相思，美人的绰约，月夜的优美，构成一幅动感的画面，让我们读诗的同时，享受了一番诗情画意。

一个人最美的时光，大抵便是月下沉思了。

前段时间看了一篇穿越小说，男主和女主原本是敌对的仇人，一次意外，他们坠入一个泡沫的梦境中。

梦中是荒芜的，什么也没有，却因为他们两个虚幻的个体存在其中，而生成了山川河流，有了茵茵绿草、灼灼鲜花、茂盛的林木。

梦境无年月，他们两个慢慢化解了恩怨，并且互相爱慕，终于在一个月华如水的晚上，对着月亮叩头成亲，完成一段俗世才有的姻缘。

在梦里，他们忘记了自己的真实名字，为了让彼此从梦境脱困后，依然记住对方，互相起了名字。也是这段因果，轮回之后再次做了夫妻，他们的名字叫"皇天后土"。

这个小说之所以印象深刻，不是虚构的情节吸引人，而是月下优美的缘分。梦里的天上，一轮洒着皎洁银辉的月亮，一男一女，伫立月下，女子靠在男子肩膀上，喃喃细语。美妙无比的画面，不由不令人浮想联翩。

《诗经·月出》的意境是迷离的，诗人思念情人，是从看到冉冉升起的皎月开始的，在月光下，她不但显得容貌姣好，而且身材那么苗条、秀美，让人神颠魄荡；而更吸引人的，是她还有一种气质美，举止舒缓，雍容大方，性情安静。

月出皎兮，佼人僚兮。舒窈纠兮，劳心悄兮。

月出皓兮，佼人懰兮。舒忧受兮，劳心慅兮。

月出照兮，佼人燎兮。舒夭绍兮，劳心惨兮。

每句诗都那么美，美得让人心情出奇地好，或许这就诗歌的魅力所在。而"劳心悄兮"，这句却是诗人自言其心情的烦闷。月光美，人更美，那窈窕的身姿，雍容的举止，使得诗人一见钟情，而又无从表白，因而生发出无限的忧愁和感慨。

徐志摩说："我将于茫茫人海中访我唯一灵魂之伴侣；得之，我幸；不得，我命。"

可以想象，当时的诗人，无法收获这段情缘，他的爱情只能存在于诗稿中，流传后人。

好友和她男朋友谈恋爱的时候，很少白天约会。原本乡下的爱情就很朴素，她夜晚的约会，就显得极其突兀，招人闲话。她偏偏随心随性，定下月亮圆圆的夜晚。

为此，她父母没少和她生气。后来，怕出现伤风败俗的事儿，就赶紧地把她嫁了出去。

和她聊天的时候，问起此事，她哈哈一笑，说想试试古诗"月上柳梢头，人约黄昏后"的感觉。

我后知后觉地扶额感叹，这才想起她是极爱古诗词的女子。

清雅的月亮，从古到今，都是诗人眼中的风景，也是寄托情思的载体。

在天愿作比翼鸟，
在地愿为连理枝

鸳鸯

鸳鸯于飞，毕之罗之。君子万年，福禄宜之。

鸳鸯在梁，戢其左翼。君子万年，宜其遐福。

乘马在厩，摧之秣之。君子万年，福禄艾之。

乘马在厩，秣之摧之。君子万年，福禄绥之。

——《小雅·莆田之什·鸳鸯》

那时，一对五彩缤纷的鸳鸯，拍打着羽毛绚丽的翅膀，双双飞翔在辽阔的天空，雌雄相伴，两情相依。美妙的时刻，美好的画面，即便遭到捕猎的危险，仍然成双成对，忠贞不渝。

黄梅戏中有一段唱："你我好比鸳鸯鸟，比翼双飞在人间……"

在民间，鸳鸯是爱情鸟，姑娘们嫁人时陪嫁的枕头上、被面上、床单上，甚至连洗脸盆底也有这种美图，都有着一对相依相偎的鸳鸯，神态安详恬静悠闲，如一幅明丽淡雅的江南水墨图，满含着对美好生活的深深眷恋与无限追求。

于是，鸳鸯成了青春男女心中最圣洁的鸟。

看到鸳鸯，想起前天看的一条新闻，一个四川女孩二十六年前对父亲说出门打工。一年后给父亲写信说认识湖南一个男孩，先去男孩家里看看，然后就回家结婚。谁知这一走，就是二十六年。

老父亲不明究竟，寻求帮助，在警察的帮助下寻找女儿。这一找，一段人间爱情绝唱出现在公众视野。

当年女孩去男孩家后，大家都很满意。于是，男孩和女孩一起回女孩家。结果路上出车祸，客车翻了。

男孩头部受轻伤，女孩昏迷不醒。女孩被送到医院抢救，命救回来了，却下肢瘫痪，永远坐在轮椅上。住院期间，男孩回家一次，对医院的医护工作人员说回家收稻谷。大家都认为这个男孩会一去不回了。

没想到半个月后，男孩回来了，继续照顾女孩，这一照顾，就是二十六年。

当初的男孩变成了如今的中年男子，二十六年来他给她擦屎擦尿、做吃做喝，由于要照顾女孩，他不能出门打工。依靠种地养活她和收养的女儿，生活极其贫困。近两年，在扶贫工作组的帮助下，才住进新房。

也是在扶贫组的帮扶下，让他负责清扫村里的垃圾，每月一千八百块钱，才能得以改善些生活。

他说当初他们两个一见钟情，他不能因为她受伤就抛下她不管。

二十六年了，他用自身的行动，诠释爱情的美好和忠诚。

女孩因为自身残疾，怕老父亲受刺激，也怕给丈夫增加额外负担，在交通不便的从前，从湖南到四川是不近的距离，所以就不提回娘家的事儿。

他们的故事，让网上的吃瓜群众一阵唏嘘，说女孩上辈子一定是拯救一个银河系，这辈子才遇到一个如此不离不弃的男人。谁说世上没有真情？谁说夫妻本是同林鸟，大难临头各自飞？

后来，在警察同志的帮助下，二十六年后，女子踏上回家的旅途。男子抱着她上车，下车，无微不至地照顾她，呵护着她。

父女相见，放声痛哭。老父亲拉着女婿的手，嘴唇抽动，颤抖不已，所有的话语都没有说出口。也许，一切尽在不言中了。

以前看小说，看到一种名叫"青鸾"的鸟。据说青鸾是仅次于凤凰的存在，羽翼青如晓天，在太阳下泛着柔和的光芒。传说青鸾是为爱情而生的鸟，它们一生都在寻找另一只青鸾！

小说中的青鸾是天地孕育而生，美丽优雅却无法发出声音，它孤独寂寞，因为从来没有发现它的同类，别的鸟类羡慕的眼光没有增添它的光环，反而加深了它的寂寞。

有一天它遇见了凤和凰，明白了自己存在的意义。于是，它开始寻找另一只青鸾，它飞过高山，越过大海，飞过沙漠，穿过城市，可是始终没有找到和它一样的鸟类。

精疲力尽时，它落到一户人家的窗户上，对着窗有一面镜子，青鸾眼睛一亮，它看见了一只和它一模一样的鸟，正用热切的眼光望着它，另外一只鸾，它终于找到了。

　　忽然间，一股辛酸甜美、剧烈疼痛的暖流冲破了它的心，它唱出了其他鸟儿没有唱过的绝美歌声，这就是爱情。

　　我想，不论是今天的鸳鸯，或是远古的青鸾，无不暗示了婚姻的客观条件，男女般配，郎才女貌，感情专一，这也是诗人的爱情观吧，抑或是对美好生活的礼赞。

益母草

中谷有蓷

中谷有蓷，暵其乾矣。有女仳离，嘅其叹矣。嘅其叹矣，遇人
之艰难矣！

中谷有蓷，暵其修矣。有女仳离，条其啸矣。条其啸矣，遇人
之不淑矣！

中谷有蓷，暵其湿矣。有女仳离，啜其泣矣。啜其泣矣，何嗟
及矣！

——《国风·王风·中谷有蓷》

"蓷"，益母草。

益母草，长在乡下，旮旯夹缝、有土的地方似乎都长着它，生
命力旺盛到无与伦比的地步。

一节一节的茎，托着扇子般的叶子，淡紫色的花，荚在茎叶相
交的腋间，簇绒绒的，好像毛毛球。小时候爱极了这种植物，一手

揽住一手割，它高挑的身子给割草孩子极大的便利，于是乎，它只能壮烈牺牲在我们的镰刀之下。

后来从《本草纲目》得知，益母草对妇女有明目益神的功效。读了《诗经·中谷有蓷》，才知自己孤陋寡闻了，原来乡下大片大片的益母草竟然从远古长到现在，生生不息两千年，而且有那么一个好听的名字"蓷"。

"蓷"在《诗经》里，是哀伤的一株草，它的枯萎让诗人设身处地想到自己的处境。她遇人不淑，择偶不慎，嫁了个忘恩绝情的丈夫，最终被抛弃，孤苦无依的流落在红尘，她痛苦、悲伤、愤怒，却没有办法。

她噙着眼泪，在荒凉的田野，低声吟诵。

山中一棵益母草，根儿叶儿都枯槁。有个女子被抛弃，一声叹息一声号。一声叹息一声号，嫁人艰难谁知道！

山谷一棵益母草，根儿叶儿都干燥。有个女子被抛弃，长长叹息声声叫。长长叹息声声叫，嫁个恶人真懊恼！

山谷一棵益母草，干黄根叶似火烤。有个女子被抛弃，一阵抽泣双泪掉。一阵抽泣双泪掉，追悔莫及向谁告！

在男权主义时代，她的悲剧就像即将干枯的益母草。虽然，益母草干枯可以入药，治疗妇女病有调养之用，有益于妇女生养育子。但是，益母草于一个被丈夫抛弃的女人而言，当真是无用了。

写诗的诗人，用益母草来衬托被抛弃的痛苦，读来令人同情。

好在，诗人的内心是强大的，尽管被抛弃了，仍然保留着妇女自重的品格，她用此诗总结自己的不幸，用之提醒规劝未婚女子或已婚的妇女，她的灵魂始终是清醒高洁的，让读《诗经》的我们，尊敬之余，都来学习她的人生态度。

看新闻，某地有一个女子，因丈夫婚后出轨，导致患上抑郁病，家人对此病不甚理解，也鲜少关注，以致她带着怀了几个月的孩子，从高楼一跃而下。一尸两命，带给世人沉重的思索。

在故乡，也有类似的事情发生，那些被丈夫抛弃、受了伤的女子，不是喝农药就是跳河自杀。生活于她们而言，窄了些，窄得只剩下一道缝隙，看见一个德行不足的男人。

有一首歌唱得好，"生活就像一团麻，也有那解不开的小疙瘩……"

当女娲娘娘造出一个男人和女人的时候，便注定男女之间的缘分和纠葛。有些人红袖添香，一生完美；有些人缘尽半生，浮生若梦。

看多了如儿戏的婚姻，再品味读远古的女子，原来她才是最可爱的人。益母草虽然枯萎了，她的精神却蔓延在历史的长河中，灿烂如初。

男人、女人，世界上因这两种人，从远古开始，便热闹得紧了。

望夫
归来

杕杜

有杕之杜，有睆其实。王事靡盬，继嗣我日。日月阳止，女心伤止，征夫遑止。

有杕之杜，其叶萋萋。王事靡盬，我心伤悲。卉木萋止，女心悲止，征夫归止。

陟彼北山，言采其杞。王事靡盬，忧我父母。檀车幝幝，四牡痯痯，征夫不远。

匪载匪来，忧心孔疚。期逝不至，而多为恤。卜筮偕止，会言近止，征夫迩止。

——《诗经·小雅·杕杜》

读《小雅·杕杜》让我想起《诗经》的另外一首诗《卷耳》，内容何其相似，同样是等待服役丈夫的归来，同样是在萋萋荒草的野外。一个借"卷耳"抒发对丈夫的牵挂，一个借"杕杜"形容自己

163

的形单影只，薄凉的心境，在植物的衬托下，全都越发凄然。

以前看过一部黄梅戏曲，叫"孟姜女哭长城"。故事说的是秦朝时，秦始皇建长城，劳役繁重，到处抓壮丁。孟姜女和她的丈夫范喜良新婚三天，男人被迫出发修筑长城。

冬天寒冷，孟姜女给丈夫缝了棉衣，历尽千辛万苦终于赶到长城脚下，得到的却是丈夫死亡的噩耗，而且被埋在城墙之中。孟姜女坐在长城下哭了几天几夜，把长城哭塌了八百里，露出范喜良的尸骸。孟姜女安葬了丈夫后，投海身亡。

《小雅·枤杜》《卷耳》，抑或是孟姜女的故事，无不反映了封建王朝的腐败和苛刻，王朝的更迭越发加重老百姓的苦难。周代后期，征役频繁，各个诸侯小国打来打去，皇帝昏庸，荒废朝政。

例如，周幽王"烽火戏诸侯"，从一个事件上，足以看出当时周天子的荒淫和无能，一个国家从强盛到灭亡，有其自身历经的败落轨迹。

西周的灭亡与皇帝宠妃褒姒之笑，按照历史学家的说法没有直接关系。美女褒姒笑的是昏君愚昧，佞臣丑陋。幽王荒淫无度，不爱江山爱美人；大臣阿谀好利，不为百姓为君主；举国上下人心向背，危机四伏，这才是西周灭亡的真正原因。

史学大师郭沫若说："奴隶主贵族对奴隶和平民的残酷的经济剥削和政治压迫，促使社会矛盾不断发展，终于导致了宗周的灭亡。"

唐朝诗人曹松的《己亥岁二首》其一："泽国江山入战图，生民何计乐樵苏。凭君莫话封侯事，一将功成万骨枯。"便说明了任何一个国家的崛起，都是用无数将士的白骨堆积出来的。

　　处于战火连天的生存环境中，诗人的内心是痛苦的，她思念丈夫，一年又一年，春来冬去，叶绿又枯，青春被慢慢耗尽，可是王事还没有结束，日思夜想的丈夫难以归来。光阴虚度，青春浪掷，内心的悲伤无以言表，她看着杕杜，发出无奈的叹息。

　　女子的叹息穿透时空，在华夏民族的历史中涤荡。层层云霄遮不住爱情的洪荒之力，她们用不朽的情感，在腐朽的社会制度下，书写了一个个爱情神话。

　　《小雅·杕杜》如是，《卷耳》也是。

静女，静女

静女

静女其姝，俟我于城隅。爱而不见，搔首踟蹰。

静女其娈，贻我彤管。彤管有炜，说怿女美。

自牧归荑，洵美且异。匪女之为美，美人之贻。

——《国风·邶风·静女》

静女，静女，一个静字，感觉到贤淑优雅了。

定是美丽的女子啊，被他日夜惦念着，用以"静女"的尊称。让读诗的我，艳羡极了。回想所读过的书里，赞美女子的词语很多，但是仅仅用一个词"静女"，表现一个女子的美好，却少得紧。

想起来了冰肌玉骨，柔肤似水，清水出芙蓉，天然去雕饰等优美的词汇。还有那句最厉害的"北方有佳人，绝世而独立，一顾倾人城，再顾倾人国。"可是这些所有的词在此刻，感觉都比不上"静女"二字的魅力。

对相爱的人来说，所有的细节都堪称完美。

写诗的男子，丝毫不掩饰心爱女子的美丽和静雅，他用简短的几句话，刻画出两个人你侬我侬的情感。

诗人写女子的美丽，写她对他的情谊，那种难以言表的幸福感，溢满他的心房，想想都快乐得很。更不要说，女孩还约他在城墙角落会面。

和心爱的人约会，当是人生最幸福的事儿了。我被诗人的喜悦感染，走进一方纯洁的爱情天地，构筑俗世的不俗，写一段纯美的爱情。

他和她相遇很偶然，在街头的一个算命先生摊子前，原本是她先坐在小马扎上的。羞怯地对算命先生说要看看姻缘。她摇着算命先生递过来的竹筒，那根代表她姻缘的竹签落在地上。还没有等先生注释的时候，他来到跟前。

他全程听了算命先生对她命相的解释。

待她面红耳赤地起身离开，他也坐在算命先生跟前。

原本是陌路的两个人，隔了几天后，竟然在一次媒人介绍相亲中再度遇见。媒婆好像知道他们有过一面之缘似的，好巧地牵了红线。

男孩女孩彼此回忆那天算命先生的话"姻缘快了"。这种缘分，不需要媒婆舌灿莲花，他们相处得很好。

两个村子挨得很近，忍不住相思的时候，躲过旁人的眼光，偷偷约会。小河旁、山坡上、草地上。青青庄稼地，留下爱情的火焰，灼灼闪烁。最终踩上红地毯，携手相伴。

男孩是我小学同学，女孩是我中学同学。多年后聊天才知道，这世间真有如此神奇的姻缘。

男孩每每说起，不住嘴地夸奖女孩那时候美丽娇俏、活泼可爱，尤其一笑两个酒窝，看一眼，恋三秋。正苦于自己那天在算命先生摊子前没有主动搭讪而错过时，却不想几日后竟然正大光明地与她相亲了。

人说，婚姻都是注定的，月下老人牵红线的时候，就勘察过生辰八字。是你的静女，就是你的；不是你的静女，抢也不行。

看到一则姻缘天注定的故事。唐朝初年，杜陵有个书生叫韦固。他从小是个孤儿，很想娶个称心如意的妻子，但一直没有中意的对象。贞观二年他去清河旅行，途经宋城时，投宿在一家叫南店的旅社。

同住的一位客人得知他尚未娶妻，便热心为他介绍原任司马潘昉的女儿，并约定次日一早在龙兴寺见面。

韦固娶亲心切，连夜来到龙兴寺。这时月亮西斜，只见门口台阶坐着一位老人，倚着一个青色布囊，在月光下翻看一卷书。

韦固很是好奇，便凑过去观看，但看了多时，却一个字也不认识。

韦固恭敬地问道："请教老人家，我自幼苦学，颇通诗文。就是西方的梵文也认识不少，怎么您这本书我却竟然一字不识。"

老人笑道："这是幽冥之书，并非人间之物，你如何认识？"

韦固请教老人的来历，老人说："我是幽冥之人，专管天下的婚姻档案。"

韦固闻言非常高兴，连忙把自己的烦恼向老人诉说一番，并请老人预测此次婚姻的成败。

老人说："潘氏与你没有姻缘。你未来的妻子现在才三岁，要等到她十七岁时，才能和你成婚。"

韦固将信将疑，又探问老人布囊中的物件。老人说："这是红绳子，一旦男女有姻缘，就系住他们的脚。哪怕是冤家对头，贵贱悬殊，远在天边相隔千里，只要系上，终究会成为夫妻。你的脚已经被系，还找他人何用？"

韦固更是好奇，连忙打听自己未来的妻子。老人说："就是南店北首一位卖菜婆婆的小女儿。"韦固问："我能见见她吗？"老人同意为他指点。

天色微明，二人来到市场。只见一个瞎眼婆婆坐在菜摊前，衣裳破旧不堪，形象十分丑陋，怀抱一个小女孩。

老人说："那个女孩子就是你未来的妻子。"言罢消失得无影无踪。韦固见那女孩蓬头垢面、面黄肌瘦、相貌丑陋，不禁火起，竟拔剑刺去。女孩惊呼，老妪高叫，韦固弃剑而逃。

果如老人所言，韦固和潘家女儿没有姻缘。此后，他的婚事竟然拖延多年，即便这样，韦固也认为老人的话纯属子虚乌有，并未放在心上。

十四年后，韦固到相州任参军。刺史王泰见他很有才干，就把自己的女儿香娘许配给他。这位新娘十六七岁，容颜秀丽，称得上是一段美满姻缘。洞房之夜，韦固揭开香娘的红头盖，见妻子貌美非凡，眉心贴着一朵红纸剪的小花。韦固回想当年的那番遭遇，觉得十分好笑。

婚后，妻子向他诉说身世。他的生父原是宋城长官，自己尚在襁褓之时，就病死任上。此后母兄也相继辞世，她跟随奶妈陈氏，在南市以贩卖菜蔬艰难度日。直到叔父王泰来此地任职，这才前来投靠，被当作女儿下嫁韦固。

韦固大惊，连忙询问那陈氏是否眼盲，妻子点头称是。韦固拍手称奇，便把当年的遭遇诉说了一番，并终于相信月下老人所言不虚。从此，夫妻更加相敬相爱，直到终老。

时任宋城长官听说此事，大为惊叹，将南店提额为"定婚店"。

由于这个故事的流传，使得大家相信男女婚姻是由月下老人系红绳加以撮合的，所以民间常把做媒之人叫作"月老"。

从古到今，令我们传诵吟唱的佳偶很多，每一对都和神话一般。

印象最深的是"愿得一人心，白首不相离"的司马相如和卓文君。

震撼人心的是"霸王别姬"。虞姬拔剑自刎的那一刻，惊天地泣鬼神，虞姬誓死追随爱情的忠贞，真是不朽。

有人说，留人间多少爱，迎浮世千重变，和有情人做快乐事，别问是劫还是缘。

相思一曲
唱千年

宛丘

子之汤兮，宛丘之上兮。洵有情兮，而无望兮。

坎其击鼓，宛丘之下。无冬无夏，值其鹭羽。

坎其击缶，宛丘之道。无冬无夏，值其鹭翿。

——《国风·陈风·宛丘》

《诗经》太深奥了，每一首都要看好几遍，《宛丘》也是看了释义，才知道是一首相思诗。

巫女优美的舞姿，深深地吸引了诗人，流露出不能自禁的爱恋之情，而巫女径直欢舞，没有察觉那位观赏者涌动的情愫，这使诗人惆怅地发出了"洵有情兮，而无望兮"的慨叹。

同时也从中读出他单相思难成好事而无奈的幽怨。

在欢腾热闹的鼓声、缶声中，巫女不断地旋舞着，从宛丘山上坡顶舞到山下道口，从寒冬舞到炎夏；空间改变了，时间改变了，她的舞蹈却没有什么改变，仍是那么神采飞扬，那么热烈奔放，那么展现着难以抑制的野性之美。

随着巫女的舞姿，诗人也一直在用满含深情的目光看她欢舞，不停地在心中默默念叨，我多么爱你，你却不知道！他在对自己的爱情不可能成功有清醒认识的同时，仍然对她恋恋不舍，那份刻骨铭心的情感实在令人慨叹。

阿兰的爱情和诗人的爱情有异曲同工之妙，不同的是男女调个儿了。

阿兰是打工时认识的女孩，她那时豆蔻年华，他俩在南方的一个工厂相遇了。因为同车间，同宿舍，所以经常出入一起。她长相不错，长发披肩，圆脸，两个酒窝镶嵌在左右，嘴唇薄薄的，笑时露出一嘴小米牙。

阿兰学历不高，但是下班后，却经常趴在宿舍的床上写字，一开始以为她写日记，有一天无意间发现，她在写信。

她给心爱的男孩写信，带着满满的欢喜。很遗憾，她的信写了一封又一封，却始终没有勇气从邮局发出去。有一天休息，和她一起逛街的时候，她说出了心底的秘密。

男孩是一个村的，长相特帅，读书时就是全班女同学争相讨好的人物，后来回村里，又得到一些村异性女孩的追捧，阿兰是其一。

我说，怎么不告诉他呢，喜欢就说出来。

阿兰情绪黯淡，幽幽地说，根本不可能，男孩不仅帅，而且家境好，在农村，讲究门当户对，她和他不是一个水平线的人。

阿兰写多少信，我不知道，我们分开的时候，她依然写着给自己看的情书。

命运就像一把链条，拉扯着一个个青春男女，在美好的年华，书写浪漫的情话。

我喜欢的他，也是藏在心底的，那会儿他有自己的心上人，每天欢喜地给我说她怎么怎么好、怎么怎么能干，我强装笑颜，给他出尽主意，该怎样去追女孩，怎么写情书。

年华极其美好，青春却充满灰色。他就像长在我心里的一根刺，拔掉太疼，不拔难受。

多年后回头一看，忍不住欣然一笑，有了那段单相思，青春竟然热闹得很，只是当时身处其中，烦躁苦恼罢了。

英国心理学家弗美斯特是全世界独一无二的专门研究"单相思"的专家，他经过长期、广泛地调查和研究，并在研究报告中披露了一些全新发现。

几乎所有已成年者都曾有过单恋经历，单恋大多热烈纯洁、刻骨铭心，但是很"短命"，平均时长只有三十六天。

单恋的最重要现实意义在于可能激发人的最大潜力，但最大负面作用是有可能令当事人出现"精神分裂症状"。

据说，拜伦、济慈、莱蒙托夫、瓦特、契诃夫、莫泊桑等人在年轻时都曾有过"单相思"的经历，而正是失恋后的悲伤、沮丧和绝望，促成他们发奋图强，最终成了名人。

更有趣的是，动物也会出现"单相思"。

弗美斯特的《人格与社会心理》中提到，人们开始首次"单相思"的年龄也在越来越小，专家们曾发现，一名年仅两岁半的英国男孩，

"单相思"上邻家一个三岁女孩，并为此痛哭流涕、茶饭不思。当然，对方对此却浑然不知。

茨威格在他的名著《巫山云》中记录了一则悲剧式的单相思故事。名字叫《一个陌生女人的来信》。

故事主人公是个著名小说家，他在四十一岁生日当天收到一封厚厚的信，这封信出自一个临死的女人，讲了一个缠绵的爱情故事，而这个故事的男主人公对此一无所知。

信中说，你使我整个生活变了样，原先我在学校里学习并不太认真，成绩也是中等，现在突然成了第一名，我读了上千本书，我知道，你是喜欢书的……

单相思，如此读来，也是极美的了。凄美也是一种美，尽管那个女人没有得到爱的回应，但是终身守着一个爱，对她而言，也是心甘情愿的幸福吧。

或许，那位诗人也是如此，尽管他没有得到心爱女孩的回应，但是他心中无时无刻都保存着那个女孩，想想也是美好的。

宋朝诗人李之仪的《卜算子》"我住长江头，君住长江尾。日日思君不见君，共饮长江水。此水几时休，此恨何时已……"把相思诠释殆尽。

有种喜欢叫沉默，那种沉默叫暗恋。有种思念叫相思，那种思念叫单恋。

第六辑

直道相思了无益，
未妨惆怅是清狂

有关乡音乡情，很多是触碰不得的，
稍微想起就会铺天盖地、排山倒海地扑面而来。
陈年的往事在弯弯曲曲的岁月中，沉淀成一道发白的心事，
我苦思冥想，终于弄懂，原来从那时开始，就有乡愁了。

绑在心尖上
的故乡

竹竿

> 籊籊竹竿，以钓于淇。岂不尔思？远莫致之。
>
> 泉源在左，淇水在右。女子有行，远兄弟父母。
>
> 淇水在右，泉源在左。巧笑之瑳，佩玉之傩。
>
> 淇水滺滺，桧楫松舟。驾言出游，以写我忧。
>
> ——《诗经·卫风·竹竿》

那年和他谈恋爱的时候。爹说，不行，太远了。

我哭。

爹说，哭也不行，就这一个女儿，嫁那么远，还是山区，爹想你了咋整？爹哽咽，伤心得说不下去。

爱情和亲情像一把锯，拉来拉去，我站在中间，茫然无措，不知道该何去何从。最后，爹提出一个要求，让他居住到我所在的那个乡镇，算是圆满大结局。

就算这样，依旧摆脱不了根源的贫穷。为过日子，我和他远赴外地求生活。

爹送我去打工的时候，眼睛通红，把装着我行李的蛇皮袋扛在肩上。一边走一边絮叨："到了记得打电话，别舍不得吃，干活要注意身体，实在不行就回来，咱们家有十八亩地，有爹吃的，就有你吃的，爹养得起你。"

从此，和故乡相隔一千多公里，与我爹的距离更远了。

读到《诗经·竹竿》时，哭了，眼泪像断了线的珠子，流淌不止。何其相似的情景，千年前和千年后，两个场景一度重合，让我这个远嫁的女子，疼了又疼。

据资料显示，《竹竿》的作者是许穆夫人，卫宣公昭伯之女，卫国君主卫懿公的妹妹。出生于春秋时期卫国都城朝歌（今河南省淇县）。长大后嫁给许国许穆公。

这首诗写一位远嫁女子思乡念亲之情。姑娘回忆在家时，在淇水钓鱼的乐事："籊籊竹竿，以钓于淇"，和伙伴们一起游玩是多么惬意的事，不可能忘记。

可惜眼下身在异乡，再也不能回淇水钓鱼了，"岂不尔思，远莫致之"。泉水、淇水逐渐远去，父母兄弟逐渐远离。离别的场面和离别的情怀，最使人难忘。远嫁的女儿回忆起这个场景，思念之情不可抑止。

故乡有河，叫丹江，鱼忒多。

从前，我盘着赤脚，坐在河堤上，看哥哥们和村里的小伙伴下河摸鱼，他们把一张破烂的小眼网横着放在河面上，光着膀子拿着竹竿，顺河搡，把河水敲得水花四溅。

一会儿工夫，那张破旧的网就往下坠。拉着渔网的一头，慢慢收网，鱼，多得不能再多了。白花花的小鱼在网上蹦跶，小伙伴们捏着鱼头，一个个摘下来丢进水桶。

丹江涨水的时候，鱼更多，逆流而上的鱼，只需要拿个筐子挡住河道下游即可。

鱼吃得多了，便生出厌烦。于是，那些鱼被扔给鸭子、倒进猪槽。太多的鱼暴晒在阳光下，腥臭得不行，实在是暴殄天物了。

在远方谋生的时候，有一年过春节，十块钱买三条四指长的小鱼。捏着已经没有呼吸的小鱼，蹲在出租屋，哭得肝肠寸断。看见鱼，想起家，想起爹，想起那条白茫茫的丹江大河。

许多年后，我拉着行李箱朝家走。爹在市区的车站等着。

生活像一辆破旧的火车，"咔嚓"着来，"咔嚓"着去。我坐在这辆破车上，等着爹送，等着爹接。

故乡还是原来的样子，只是有了禁渔期。即便看到翻滚的大鱼，也不能随意捕捉。爹心疼女儿，去河边打鱼的人家，买回来最大的鱼，煮白嫩嫩的鱼汤，我喝一口，喝一碗，和从前一样。

丹江河面上，有了飞奔的快艇，吸引外地的游客，他们看烟波浩渺的丹江水，发出啧啧的赞叹。

我跟着爹，沿着故乡的地埂，一块一块寻找我家的土地。

爹说国家政策好了，不仅不交公粮了，种地还有补贴。爹说，想闺女的时候，沿着地块走一走，好像看到丫头在干农活一样，不曾离开他。

　　如今，爹的话还在耳边回荡，人却走了，顺着丹江河，走得好远好远，任凭我哭哭啼啼，千呼万唤，也听不到了。

　　我多次坐在快艇上，沿着故乡的方位，看滚动的浪花，感受飞奔河面的刺激，可是，无论怎么玩，都没有当年看哥哥和小伙伴们捉鱼的快乐场面。

　　那时呢，那个泛舟故乡、竹竿捉鱼的天真女子，变成"巧笑之瑳，佩玉之傩"的成熟少妇。她回到了故乡，旧地重游，终究也是不能排解远嫁他乡的离愁。

　　或许，这就是每一个远嫁女子的乡愁，那时是，现在也是。

谁言寸草心，
报得三春晖

凯风

凯风自南，吹彼棘心。棘心夭夭，母氏劬劳。

凯风自南，吹彼棘薪。母氏圣善，我无令人。

爰有寒泉，在浚之下。有子七人，母氏劳苦。

睍睆黄鸟，载好其音。有子七人，莫慰母心。

——《国风·邶风·凯风》

读诗的时候，眼前出现一幅画卷；南风徐徐吹过，和阳光一并落在枣树上，枣树嫩嫩的叶子绿莹莹的，浓郁的绿，燃亮诗人丰富的情感。他伫立在枣树下，想到自己的母亲养育七个孩子的艰辛。

我是真心的感同身受。俗话说，养儿方知娘辛苦。自从有了自己的孩子后，切身体会到母亲的不易。尤其在物资匮乏的年代，缺吃少穿，还要力争把儿女养大成人，更是不易。

我出生于 20 世纪 70 年代，父母养育我们兄妹五个。记忆里，

181

父亲杂事较多，家务活和地里的庄稼，基本就是得母亲去劳作。每一天，天不亮她起来做饭，挨个儿喊我们兄妹吃饭，扔下饭碗就急匆匆下地。

那时候种地，全靠两只手，除草、打药、施肥、收庄稼，现代化还很遥远，母亲硬是用柔弱的肩膀托起一家人的生计，和父亲一道，把五个儿女养育成人。多年后，当我们羽翼丰满、离开故乡的时候，母亲的鬓角多了白发，曾经娇艳的脸，烙上一道又一道皱纹。

母亲性格倔强，说和做总是一起行动。年轻时因这个优点，得到无数赞誉。年老是因为这个缺点，在七十高龄的时候，却不知该去哪个儿女家居住。她的一些举动，往往会招来大家的不悦。有时，吼了母亲后，我又陷入深深的自责之中。

五个孩子的成长，磨尽母亲的风华。红尘里，留下许多欲说还休的故事。母爱，像一首悠长的歌，令我们唱之不尽。

我很敬佩《诗经》里的先贤，拥有这么细腻的情感。他自责，认为自己对母亲尽孝做得不够好。短短几行字，把母亲对孩子的爱表现得淋漓尽致，母亲善良高大的形象跃然纸上，让千年后读《诗经》的后辈子孙感动不已。

想起了二奶奶，她一生也养育七个孩子。印象中的她更加辛苦，生活的重担压弯了她的腰，原本高大的个子变得很矮了。走路时，头似乎一直在低着，脊梁高高隆起，像一把弓。两只手上十个茧子挤成小包。那手摸摸我的脸，刺拉拉地痒，摸摸我的头发，揉得头皮发疼。

人们都说二奶奶能干，像一头不知疲惫的牛，推拉肩扛，拉扯七个孩子。那时候她做一锅饭，每个孩子盛一碗，等到她的时候，只有稀汤了。她贴一锅红薯面饼，熄灭火后，锅里只剩下滚水了。

她过早地老了，岁月压垮了她的腰，夺走了她的牙，染白了她的头发……哪怕这样，我也想要她一直老着，在我回去的时候，能听到她的絮絮叨叨。

二奶奶太老了，老得抵抗不了任何疾病。九十岁的时候，她连弯腰走路的自由也没有了。躺在床上，眼睛散乱无神。我用力喊她，她卖力地睁开眼睛，喊一声我的小名，又合上眼睛。

她的七个孩子，轮流在床前伺候，像七只鸟依偎在二奶奶的跟前，一个个不停地喊妈，像没有长大的孩子。

那一刻，泪水打湿了我的眼睛。想起那句"乌鸦反哺、羔羊跪乳"。想起了舒婷的诗歌："你苍白的指尖理着我的双鬓，我禁不住像儿时一样紧紧拉住你的衣襟，呵，母亲，为了留住你渐渐隐去的身影，虽然晨曦已把梦剪成烟缕，我还是久久不敢睁开眼睛……"

划过岁月的云烟，母爱越来越深，在苍茫的空间中，如水般潺潺流动，汩汩有声的爱怜，自多年前便开始了。我执笔，用浅显的语言，写写她们，以此留住生命中最真的情感。

兄弟如手足

常棣

常棣之华，鄂不韡韡。凡今之人，莫如兄弟。

死丧之威，兄弟孔怀。原隰裒矣，兄弟求矣。

脊令在原，兄弟急难。每有良朋，况也永叹。

兄弟阋于墙，外御其务。每有良朋，烝也无戎。

丧乱既平，既安且宁。虽有兄弟，不如友生。

傧尔笾豆，饮酒之饫。兄弟既具，和乐且孺。

妻子好合，如鼓瑟琴。兄弟既翕，和乐且湛。

宜尔室家，乐尔妻帑。是究是图，亶其然乎？

——《诗经·小雅·常棣》

"常棣之华，鄂不韡韡。凡今之人，莫如兄弟。"高大的棠棣树，开满鲜花，花萼花蒂灿烂鲜艳。普天之下的情感，都不如兄弟之情。

读到《常棣》的时候，我又一次想起了九十岁的二娘经常说的一句话："黄黄苗，苦连根，啥子没有姊妹亲。"这里的黄黄苗，指的是"蒲公英"。大意是蒲公英的根连着苗，苗连着根。尽管如此，也没有姊妹之间的关系亲。

我曾经不止一次把这句话写出来，就像现在一样，发现自己与诗人的思想竟然如此接近。

"兄弟不睦外人欺"。这是幼时父母教我们的一句话。那时候乡下人没有文化，心眼儿狭窄，遇到公鸡尿湿柴这点事儿，也能抡起棍子动武，弄不好就头破血流。

大家言辞灼灼地说，打架亲兄弟，上阵父子兵。

有一年，二哥和三哥去锄芝麻，发现地里有个车辙。这原本不是啥大事，邻里之间从彼此的地里走一趟很正常。可是两个哥哥青春年少，满脑子热血冲动。于是扔下锄头，和挨着我们家地的邻村男子打成一团。二打一，基本全胜。要不是大舅妈路过地边拉架，恐怕会把邻村男子打伤。

父亲去给人家道歉的时候，邻村男子哈哈一笑，说是他没有打招呼就压了我家的地，错在他。还夸奖二哥三哥勇猛。

父亲回来后，嘴上怒骂两个哥哥，心里却得意得很。

我们村，一共有三个家族，平常也有内部矛盾，争来吵去，谁也不服谁。但是遇到大是大非，就立刻和好，做到一致对外。

村子传承几百年，一个姓氏从祖先到现在，几百年过去了。在大家心里，虽然血脉慢慢稀薄，但还是一棵藤上的瓜，任谁也不能欺负。

《常棣》这首诗，说到了"手足情深"，也说到了"骨肉相残"。

寻常百姓家，兄弟相残的事不多。这类事多发生在封建王朝的帝王家，西周时期，统治阶级内部骨肉相残、手足相害的事频频发生。为了争夺皇位，历朝历代兄弟相残的帝王数不胜数。

身为普通老百姓，自有平淡之福，兄弟之间相互帮扶。从前农忙时节，需要收割庄稼、栽植青苗，兄弟多的人家合拢到一起，今天干我家的，明天干你家的，后天再干他家的，人多力量大，场面乐融融的，好不幸福。

《三国演义》中，刘备曾说过这么一句话"兄弟如手足，妻子如衣服"。此话一出，曾风靡大江南北，被无数男性信手拈来，作为自己的口头禅，以显示自己讲兄弟义气的最佳表述。

如《诗经·常棣》所言，只有"兄弟既翕"，方能"宜尔室家，乐尔妻帑"；兄弟和睦是家族和睦、家庭幸福的基础。

有杣之杜，
分享寂寞

有杣之杜

有杣之杜，生于道左。彼君子兮，噬肯适我？中心好之，曷饮
食之！

有杣之杜，生于道周。彼君子兮，噬肯来游？中心好之，曷饮
食之！

——《国风·唐风·有杣之杜》

《诗经》读到这里，一半读完了，回头一看，记在心里的却寥寥
无几。明明背过的东西，隔一夜之后，又物归原书了。

有意思的是，这种名叫"杣杜"的植物却印象深刻。在《诗经》中，
它和人一样，总是以孤独的样子出现，一株一株长在路边上，让才
情横溢的诗人们睹物思情，潸然泪下。

因此，特地查资料，得知"杣杜"竟然是一种熟悉的蔷薇科植
物"杜梨"时，忍不住欣然一笑。古人拿来映照内心寂寞的杣杜，

我却看到它的累累硕果。

豫西南属山区，植物很多，山上纵横着从古到今的各种绿植。但是多年前那场史无前例的大规模运动，把满山的大小树木全部砍掉，拿去炼钢铁了。

打那以后，山就陷入长长的寂寞中，和人一样，满身伤痕。少了绿色点缀，它无奈地石漠化了。

前几年，南水北调中线工程启动，一渠清水从南到北哗哗流动，好像一条巨龙蜿蜒在丹江河面上。历史赋予丹江大使命，为确保北方有甘甜的纯净水质来源，身为水源地的淅川县，大力发展生态产业，植树造林，绿化山区。

十年来，曾经的石漠荒山日渐减少，花花草草在丹江岸畔安家落户。山青了，树绿了，林多了，这其中便有《诗经》中屡次出现的"杕杜"，我们称之为"杜梨"。

且不说植物园里大片的杜梨树。环山路边，杜梨也是一株挨着一株，春来，满树白花灿烂，像雪一样闪亮，一团一团挂在枝条上，无论远观还是近看，清香四散，让人心神荡漾。

杜梨果子熟时，紫褐色的果子像弹珠般，挂在枝条的叶子间，四五个或六七个果子凑成堆，一个个圆溜溜的小脑袋，挤着探出叶间，摘一个，咬一口，酸酸、甜甜、涩涩的。

我想过一个画面，《诗经》年代，杜梨不是风景树，而是作为果树出现，所以很少，以至成为孤零零的存在。恰好被寂寞的诗人看到，他便以此为引子，拉开诗作的渡口。

诗人很孤独，渴望友人来访，共饮谈心，以解孤独寂寞之苦。

有人说人生多种味，寂寞是其一。生活在俗世的人，不可避免地会有寂寞感，有时候大家会和《诗经》中的诗人一样，陷入巨大的孤独中，于是，邀上三五好友，或饮酒，或喝茶，打打牌，以此消磨那阵寂寞。

《诗经》中的诗人，没有等到来访的友人，寂寥中写下这首吟唱千古的诗作，吟诗作赋无疑是派遣寂寞的最好方式。写了文章后，他的心情好多了，这就是寂寞的分解，人们为先贤叫好的同时，也吸纳了他们的方式。

想我自己，也是这样。褪去青涩的年华后，喜欢偏安一隅，或读书，或写字。偶尔觉得孤独，也有寂寞感，但是当手指在键盘敲打的时候，一切都变得很有意义。

山川，树木，花草，水流……这些景物，在笔下变得有声有色，"杕杜"也曾出现过，只是在我眼里，它们是生机勃勃的，白色的花，褐色的果，一切都惹人喜爱！

聚之宴，人亦乐

南有嘉鱼

> 南有嘉鱼，烝然罩罩。君子有酒，嘉宾式燕以乐。
>
> 南有嘉鱼，烝然汕汕。君子有酒，嘉宾式燕以衎。
>
> 南有樛木，甘瓠累之。君子有酒，嘉宾式燕绥之。
>
> 翩翩者鵻，烝然来思。君子有酒，嘉宾式燕又思。
>
> ——《小雅·南有嘉鱼之什·南有嘉鱼》

这是一场欢乐的聚会，来自四面八方的宾客汇聚一堂，大摆筵宴，席间觥筹交错，笑意盈盈。欢乐的场景好似鱼儿轻轻摆动鳍尾，往来翕忽，怡然自得。

诗人才情激发，在浓浓的酒香中，为所有读者描绘了一幅清雅的宴席，枝叶扶疏的树木上，缠绕着青青的葫芦藤，藤上缀满了大大小小的葫芦，风拂过，宛如无数只铃铛在颤动。

树木好似主人，藤蔓好似宾客，紧紧缠绕着高大的树木。就像亲朋挚友，久别重逢后的亲密无间。如此良辰美景，又有琼浆佳肴，怎不使人欢呼雀跃、手舞足蹈。

嗯，似乎听到鹁鸠的叫声了，酒足饭饱的客人兴致高昂，已开始商量打猎的事情了。真是一场妙不可言的宴席，其乐融融的聚会，让诗人挥毫泼墨，留下这首舒心欢畅的宴会诗篇。

那年，微信群风靡一时，似乎在一瞬间，远隔千山万水的同学，聚到一个群里边。那种分别之后重聚一起的感觉，说不好是什么，心里特别暖，甚至掉了很多眼泪。

后来，我分析，那种感觉，应该是对青春年华的一种追忆！

聊天一段时间后，大家不甘微信聊天，于是，约定见面。几十个男女同学从四面八方汇聚到某一个城市。

二十多年不曾见面，当年幼稚的女孩，青涩的男孩，如今一个个丰满壮硕，大家丝毫不在意这些，所有的话语揉进一个握手或拥抱中。眼角濡湿，好似清晨的一滴露，落在饱经风霜的眉眼间，却晶莹了一段路程。

那天真切地体会到了"把酒话桑麻"的含义。

吃的、喝的并不重要，重要的是那份久远的同学之情还在。大家去歌厅嗨歌，拿着话筒，不管南腔北调，不管跑调走音，唱得忘乎所以。

旋转的舞步，踩到脚也没有关系，放下一身风霜，挥去打拼的疲惫，像个孩子一样，跳得无所顾忌。

所有的矜持被风吹走了，所有的烦恼不见了，拉回已经走远的青春时光。

也许，这样凡俗而简单的聚会，比不上华丽舞台上的笙歌曼舞，但是在我看来，心情是一样的。如今的同学聚会，也许是物质横流社会的最后一道清流了。

更多时候的宴会，则是一种商业交流模式，促进合作，加强彼此之间的关系，少了最初的朴素和美好。

时代发展了，生活富裕了，总有一些东西遗失了。或许，这也是大家常说的"针没有两头快"了。

我们心中的聚会，一直保留着。

有欢快的鱼儿，有高大的树木和藤蔓，有高飞的鹁鸠。植物和动物，是大自然的精灵，有了它们，不管是生活，还是聚会，都是与众不同的精彩。

流浪者之歌

杕杜

　　有杕之杜，其叶湑湑。独行踽踽。岂无他人？不如我同父。嗟行之人，胡不比焉？人无兄弟，胡不佽焉？

　　有杕之杜，其叶菁菁。独行睘睘。岂无他人？不如我同姓。嗟行之人，胡不比焉？人无兄弟，胡不佽焉？

——《国风·唐风·杕杜》

　　很多年前，我特别喜欢听齐豫的《橄榄树》这首歌。"不要问我从哪里来，我的故乡在远方……"

　　那时候青春年少，以为流浪是一件浪漫的事情，可以不受父母约束，天高任鸟飞，海阔任鱼跃，甚至能大胆地追求自己的诗和远方。

　　十八岁的时候，带着一腔火热的心，真的去流浪了，可是在他乡寂寞的天空下，却发现不见了心中那轮皎洁的白月光。

陌生的街头，陌生的人流，尤其是天黑之后万家灯火通明时，看着一栋栋高楼大厦窗子里透出来的亮，想象人家餐桌的浓香，心底便是拢不住的哀伤。后来，很果断地掐断流浪的日子，回归父母的怀抱，享受温暖的亲情。

当我读到《诗经·唐风》中的《杕杜》时，心情很沉重，为那个无依无靠的流浪者，《诗经》注释说她可能是个未婚的女孩。

一个妙龄女孩，举目无亲，一个人踽踽独行，她看到孤孤单单的一株赤棠，想起自己，孤单成影，相对生愁。虽然赤棠虽孤单，但是还有繁茂树叶做伴，自己是楚楚可怜的一个，相比之下树要比人幸运得多。

反差的对比，越发衬托女孩的凄凄惨惨。虽然路上还有其他行人，可是互不认识，形同虚设一般，她想起了自己的父亲和兄弟，那才是血脉相连的亲人。

她的幻想，像泡沫一般，出来一个破碎一个。

她的痛苦无限制地扩大，让每一个读《诗经》的读者怜悯不已。究竟是什么原因导致她如此凄惨，是战乱，还是饥荒呢！

寻亲节目看到早期的一期，一位寻找失踪儿子的大姐，二十六年来，基本都在各个城市流浪。即便是上节目，她也拉着一个行李箱。

看到她拉着行李箱，我忽然就想到了流浪这个词。也想起了诗经中的《杕杜》，都是那么的孤苦无依，那么的凄惨无助。

她刚开口就哽咽得说不出话，平息了好长时间，才哽咽着把儿子失踪的经过说清楚。

　　她哭着说二十六年了，找儿子失败都习惯了，流浪成了自然，生活的重心在路上，只有不断走，不断找，才能支撑年复一年的日子。

　　《诗经》中的女孩和这位大姐何其相似，她们都在幻想着亲人的出现，她们都在憧憬着亲情和温暖。然而，幻想永远都是假的，对于她们而言，生活才是最残酷的。活着，是一件不易的事。

　　读《诗经》，我没有哭，或许是离我太远了！两千年，也太久，久得成了一种概念。

　　看电视，画面在眼前，那位大姐的哽咽时时在面前，我想拒之，却放不下母爱的泛滥。但求，那个被拐的孩子早些找到，让其母亲结束流浪的生活。

亲舅如父

渭阳

我送舅氏，曰至渭阳。何以赠之？路车乘黄。

我送舅氏，悠悠我思。何以赠之？琼瑰玉佩。

——《国风·秦风·渭阳》

读到《诗经·渭阳》的时候，想起故乡的两句俗语，一是"亲舅如父"。二是"外甥是舅家的狗，吃罢饭就走"。两句话褒贬各一，把舅舅和外甥之间的关系说得很详尽。

《诗经》中的外甥送舅舅，送别路途之遥，足见舅甥情谊深厚，千言万语，却又说不出口。因了男儿有泪不轻弹，他们没有泪眼迷离，但是外甥想要给舅舅送件礼物，思来想去，最后决定给舅舅送一辆大车四匹黄马，让舅舅快快回归自己的国家。

在古诗的第二段，诗人笔锋一转，由惜别转为思念，想起自己过世的母亲。舅舅和母亲是一根藤上的两个瓜，舅舅在眼前，母亲却再也见不到了，诗人的伤情油然叠加。

岁月的烟尘快马加鞭。《渭阳》送别至今已经两千年了，舅甥情谊穿虚空，破壁垒，带着浩瀚深邃的气息涌入现代。读《诗经》的时候，进入我的神念，随即被感染，心海波涛翻滚，眼角濡湿，想起我的舅舅们。

母亲姊妹八个，四男四女。四个舅舅，便成为生命中最重要的人。因离舅家近，童年基本是在舅舅家度过的。

大舅是个有大才华的人，却因家庭政治成分限制了发展。于是他转而走经商之路，在我们那个地方，大舅第一个办酒厂、办砖瓦厂。我们尊敬他，却又有点怕他，不敢和他过多地亲热。

有一次大舅一个人在家，他用电饭锅煮鱼，竟然煮一上午。一条鱼被他煮成黏稠的鱼汤。他站在院子里喊我，赶紧来吃鱼。看着碗里的鱼汤，不知道该怎么下筷子。

大舅却说，这才是最有营养的，你尝尝，味道肯定比你妈做得好！

我不敢忤逆大舅的意思，在他灼灼的眼睛下，喝了一碗淡淡的带着鱼腥的说不出什么味道的鱼汤。

大舅去的时候只有六十二岁，他患上胃癌，花不少钱，住很长时间医院，还是走了。

那时候大家哭天抹泪，小姨说大舅这一走，天都塌了。

大舅走后的第七个年头，二舅也走了，患咽喉癌，时年六十六岁。如果说对大舅的爱是尊敬，那么对二舅，便是心疼。身材一直瘦弱的二舅，脾气不好，却极其宠溺孩子们。

二舅家女孩多，她们和我年龄相仿，于是，在外婆家居住的日子，基本吃睡在二舅屋里。

那时候头发长，又不经常洗头，头上长了虱子。二舅给我洗头，用很稠密的木梳，绑上布条，把我头上那些小动物和它们的后代连根拔除。怕木梳揪疼我，特地抹了些香油。

二舅看见我妈就凶她，说只有一个女孩，还不给拾掇得干干净净。

二舅生病的时候，我去看他。他欢欣地说，你们姊妹几个，你也是争气的一个。一开始给他钱，很开心地接着了。病得最严重的时候，他说要钱没啥用了，不要给了。一句话，让大家泪眼婆娑。把钱塞到他的枕头下，转身离开的时候，二舅像个孩子一样哭得很伤心。

三舅是最可怜的那个，二十年前便走了。本来好好的一个人，说是腿疼，家里人把他送到镇上看病，医生开了药。他躺在拖拉机的车厢内，说枕的枕头太低。我把自己的枕头垫在他脖子下，他晃了晃，说刚刚好。

可是那天晚上回家，竟然不行了。电话打来的时候，我彻底懵了，腿疼也能死人吗？真是太不可思议了。可是，三舅真的去了。那时候我的孩子刚满周岁。三舅还喝了孩子一周岁喜酒。

岁月真像一把剔骨刀，一刀刀砍断我和舅舅们的联系。我梦见过大舅和二舅很多次。却始终没有梦到过三舅，是他离开我们太早，还是三舅不留恋尘世呢！

《渭河》中送别的舅甥，彻底拨动我脆弱的心弦。三个舅舅的音容笑貌不断浮现眼前，眼泪像断了线似的，控制不住。

只有一个小舅了，每次看见他，都会想起我们一起在外地打拼的岁月。小舅也是多才多艺，就是太懒，不爱干活。他在机械厂里做钳工，从来没有干满一个月，总想请假休息。

他说，人活着，就得吃好、玩好、喝好，千万不能亏待自己。

有一天，下班后我去他的出租屋看他和舅妈，却没见到人。打电话说在医院里，出了工伤，机械压住手指头了。

工伤两个字，吓得我腿软，先生拽着我胳膊，跌跌撞撞朝医院跑。出租车内，脑海内尽是血淋淋的工伤画面。打工的日子，见多了工伤，残肢断手，让我不寒而栗。

小舅还是那样嬉笑，说没事没事，别怕。尽管右手被包得严严实实，我依然看到了红红的血渍。

自从我们一起出去打工，小舅和舅妈在外地待了十年。第六年的时候，我回家了，留下他们在孤独地觅食，很心疼，很想念，但有什么办法？

南水北调中线工程移民搬迁的时候，小舅他们终于回家安营扎寨，结束了打工生涯。

我想见他们，回家即可，一个多小时的车程不算远，思念有了目的地，爱就有归宿。

此时，外边春花灿烂，随风拂来各种清香。渭河的水依然哗啦啦地流，从来没有停止过，送舅至河畔的外甥，一首"我送舅氏，曰至渭阳。何以赠之？路车乘黄。我送舅氏，悠悠我思。何以赠之？琼瑰玉佩。"到底还是触痛了我的心。

我有嘉宾，鼓瑟鼓琴

鹿鸣

呦呦鹿鸣，食野之苹。我有嘉宾，鼓瑟吹笙。吹笙鼓簧，承筐是将。人之好我，示我周行。

呦呦鹿鸣，食野之蒿。我有嘉宾，德音孔昭。视民不恌，君子是则是效。我有旨酒，嘉宾式燕以敖。

呦呦鹿鸣，食野之芩。我有嘉宾，鼓瑟鼓琴。鼓瑟鼓琴，和乐且湛。我有旨酒，以燕乐嘉宾之心。

——《小雅·鹿鸣之什·鹿鸣》

千年前空旷的原野，一群麋鹿悠闲地吃着青草。野草繁茂，它们细细品，慢慢嚼，好不惬意。抬头看看伙伴，呦呦叫几声，打个招呼，问声好，一只叫，一群回应，此起彼伏，好像在弹奏悦耳的鸣叫音乐。

诗人家里也沸腾着，一群朋友来家赴宴，"鼓瑟吹笙，吹笙鼓簧"

好不热闹。笙歌曼舞的宴会，令人情绪高涨。

诗人欢欣地说，"我有嘉宾，德音孔昭。视民不恌，君子是则是效。"原来，他的朋友都是有品位的朋友，美好的名声早已传扬出去了。朋友们彬彬有礼，德才兼备，实乃君子也。

作为这场宴会的举办者，诗人很快乐，能邀请到这么多君子朋友赴宴，说明他本身也是一位谦谦君子。如此读来，宴会的规格是很有档次的了。

华夏民族自古就是礼仪之邦，所谓来而不往非礼也，在漫长的民族历史中，宴席成为一道不可缺少的群聚宴席文化。

最早有记录的是《周易·需》中的"饮食宴乐"。这只是有文记载的而已。人之初，原始社会部落群居，围着篝火载歌载舞，群食分物，大抵是宴会最初的起源了。

随着社会的发展，宴席不仅没有减少，反而愈演愈烈，不论城市还是乡村。宴席的范围逐渐扩大，不再局限于婚丧嫁娶。孩子诞生、老人祝寿、乔迁新居……就连孩子读大学、当兵，也要大肆庆祝，如此演变，好像成为一种敛财手段了。

许多人一边吃着酒席，一边嘀咕内心的不满。如《诗经·鹿鸣》中主人有区别地邀请君子客人，大有区别。

多年前在浙江务工时，有幸见证一场宴席。所在工厂老板儿子结婚，喜宴摆在一家五星级酒店。当时老板邀请全场职工去吃饭，并且一再强调不收礼。

工人们觉得不送礼吃饭不好意思，于是，每个人都随礼二百。大家第一次到这高档的酒店吃席面，赞赏不已。暗自感叹，随礼二百不亏，要是自己拿二百来酒店，估计不够在这里点一瓶饮料。

最让大家感慨的不仅是美味佳肴，而是饭后老板又给大家一人发个红包，送一包香烟，说是感谢大家来参加宴席。

工人们摸着装着二百块钱的红包，捏着一包几十块钱的香烟，有些难为情地说，今天这是白吃一顿了。然后便发出啧啧赞叹，说这才是请客呀！

前年回老家过春节，腊月二十六的时候，村里一家人摆酒席，大家惊诧万分，说没有听说这家有什么事儿。但是不管怎么着，乡里乡亲，随份子是不能少的，村人去递礼金时才知道，原来人家是孩子十二岁摆酒席。有意思的是，孩子的十二岁生日应该是第二年的九月份。

提前九个月摆酒席，这算是乡村一景了。大家吃着大肉席面，嘿嘿干笑几声，想恭喜几句，却发现无语可说。

古今对比，还是喜欢《鹿鸣》中的宴席，尽管热热闹闹，鼓瑟吹笙，却充分体现了"有朋自远方来，不亦乐乎"。

最美的是乡野麋鹿欢快的叫声，给宴席增加无尽雅趣，这当是宴席的最高境界了。

回
家
的
渴
望

泉水

颩彼泉水，亦流于淇。有怀于卫，靡日不思。娈彼诸姬，聊与
之谋。

出宿于沘，饮饯于祢，女子有行，远父母兄弟。问我诸姑，遂
及伯姊。

出宿于干，饮饯于言。载脂载辖，还车言迈。遄臻于卫，不瑕
有害？

我思肥泉，兹之永叹。思须与漕，我心悠悠。驾言出游，以写
我忧。

——《国风·邶风·泉水》

人说思念是一种看不见的伤。

那年因为生活所迫，背井离乡去打工，原以为离开贫瘠的故乡，
在他乡富饶的土地上，能生活得更好，活得精神充沛，快快乐乐，

却不料恰恰相反，在外地的几年，活得更累，特别疲惫，于是就更加思念亲人。

所以，很能理解《诗经》里的女子，她日夜魂牵梦绕着卫国，然而故国人事有所变动，她想亲往探视，却因为种种礼仪而不能返国，内心的痛苦和委屈可想而知。焦急无奈中，她想寻找自己的姐妹，诉诉衷肠，希望她们能帮她拿个主意。

当年的我与《诗经》里的女子何其相似，原因不同的是，我是受制于经济条件而不能回家。苦闷的时候，找老乡聊天，以此慰藉思乡的疼。

泉水汩汩流不息，最后还是归入淇河。写诗的女子，看着流动的泉水，忧伤不断叠加，如同河水，汩汩有声。

想起表妹，婚后随先生去新疆定居。刚开始她很开心，第一次回来探亲的时候，像巧嘴的八哥，叽叽咕咕和我们说个不停。说新疆的辽阔，说那里的白云很低，说哈密瓜的香甜，就连早晚的温差也是她喜欢的理由之一。

然而，生活毕竟不是一场说走就走的旅游。在那边，因为她没有工作，有了孩子后，三个人全部指望先生一个人的工资，日子捉襟见肘。不得已，承包了几十亩土地。几十亩庄稼全部落在她肩上，她像男人一样，扛起生活的压力。

拮据的日子，让她不敢有回家的奢望，为了节约开支，好多年都不曾回来过。生活的压力和环境的不同，让她原本白净的脸被紫外线晒得黑红黑红。

十来年前，意外相逢，原本同龄的我们，容貌明显有了差距。

舅舅和舅妈时常感叹，养女等于没有养，且不说指望表妹接济物质，就连见一面，都是不容易的事儿。

二十年来，表妹回家的次数屈指可数。还好，今年她儿子参加高考后，她和先生终于扛着大包小包的行礼回来了。遗憾的是，她回来没几天，舅舅驾鹤西去了。作为舅舅的儿女之一，她是床前尽孝最少的那个。

从表妹这件事上，我深刻地体会到有女不远嫁的至理。

最近有一个很火的视频，新娘跪抱着自己的老父亲，死死地不松手，哭喊着我不嫁了。老父亲泪流满面，场景让人很动容。

新娘自幼丧母，父亲再也没娶妻，自己带大了女儿。如今女儿长大要出嫁了，本是高兴的事，却因为要远嫁，从此两地分离，想随时见到女儿却成了奢望。

想一想，就算如今交通便利，但是远嫁之后，也不能经常回家看望老父亲。女孩想到以后父亲一个人形单影只，忍不住跪下大哭，撕心裂肺的一幕，看哭了无数人。

在我们的心底，都存放着一个最柔软的地方，那就是家，有父母的地方。生于斯，长于斯的故乡，是大家心中藏着的一个情结，我们把这种情怀归结为乡愁。

《诗经》里的女孩，大抵也是乡愁泛滥，思念故国，谁不说俺家乡好，这是普遍的心态。有国不能回的忧愁，全部用这首《泉水》表达出来了。

体谅她的同时，也想祝福所有远嫁的女子，有空常回家看看！

第七辑

梦为远别啼难唤，
书被催成墨未浓

有人说彼岸花，花开无叶，叶生无花，终其一生，
相念相惜却不得相见。
红尘画卷，画得了谁的生死、谁的爱恋？
最后守望的无非是曾经的容颜，
在岁月的泥沙下，渐行渐远。

所有的相遇，
都恰逢其时

东门之枌

东门之枌，宛丘之栩。子仲之子，婆娑其下。

穀旦于差，南方之原。不绩其麻，市也婆娑。

穀旦于逝，越以鬷迈。视尔如荍，贻我握椒。

——《国风·陈风·东门之枌》

很久以前的一天，春光如画，美好极了。

东门之外有一大片高高的平地，那里种着许多白榆树和柞树，绿叶摇曳，好不热闹。在这醉美的时光里，一群美丽的人儿，做着美妙的事情。子仲家的女孩，跳着优美的舞蹈，吸引无数妙曼多情的目光。

诗人眼露深情，看着貌美如荆葵花的女孩，情歌唱得婉转且悠扬动人，幸福的爱情之花含苞待放。姑娘看着小伙，按捺不住欢喜，送他一束花椒表白感情。

那时的爱情，如此炽热、火辣辣，叫人好不艳羡。

花椒也可以作为定情物件，送给心爱的人，这当是世间最纯粹的礼物了。

在世俗的风尘里，所谓的爱情，像一块撕碎的破布，经不起物质的颠簸。

有一条新闻，一对青年男女相恋八年，准备谈婚论嫁的时候却分手了。原因是男孩拿不出女方父母要求的彩礼。

男孩说，他能理解女孩父母索要彩礼的想法，他也觉得应该拿一笔彩礼出来。所以没有等女孩父母提的时候，自动送上十万元积蓄。

谁知女孩父母觉得少，要求十八万元。男孩东拼西凑，好不容易凑够了。

女孩父母说要二十五万元。

因了爱情，男孩咬紧牙关，又找朋友借。

临近结婚，女孩父母又变卦了，说要三十万元。

男孩终于扛不住了，他说出生农村，父母供自己读书不易。好不容易上班挣钱，买房买车，一天福没享上，反而跟着操这么多心。

既然爱情被物质绑架，这婚不结也罢。

女孩也委屈，说自己难道不值三十万元。

留言帖子很多，一堆吃瓜群众，各自发表不同的看法。

我默默看，默默走开。在爱的世界里，到底是物质重要，还是感情重要，远古的爱情，给了大家最真的诠释，一束花椒，足矣。

花椒，是生活中的一味调料，浑身长满了刺，极难摘取。诗人为了心爱的女子，小心翼翼地摘一束花椒，送给心上人。也许，这里的花椒是作为一束花，也或者是送上一道精美的味道、爱情的味道。

记得我和先生结婚的时候，他家地处偏远的山区，经济条件很差，连一件像样的结婚礼服都买不起。为了节约开支，我自己买了一件几十块钱的红衣服，鞋子只有几块钱。

旁人嘲笑的眼神，也让我偷偷抹泪，好在还有爱，日子也过得温馨甜蜜。

如今生活进入到一种"生命诚可贵，爱情价更高"的时代。青年男女的婚姻，究竟有多少爱情，只能是呵呵一笑了。

据说，由于男女比例失调，我国目前有三千万名大龄男青年。或许是男女相爱急于成家，或许是父母希望孩子早点结婚，在乡村，彩礼一再提高。如今一场婚嫁，除去房和车子，没有几十万元是拿不来下的。

《新白娘子传奇》片首歌唱得好"十年修得同船渡，百年修得共枕眠……"两个人的相遇，一定是冥冥中之中的安排。

看过一则佛家故事：从前有个书生，和未婚妻约好在某年某月某日结婚。到那一天，未婚妻却嫁给了别人。书生受此打击，一病不起。

这时，路过一游方僧人，从怀里摸出一面镜子叫书生看。书生看到茫茫大海，一名遇害的女子一丝不挂地躺在海滩上。路过一人，看一眼，摇摇头，走了。又路过一人，将衣服脱下，给女尸盖上，走了。再路过一人，过去，挖个坑，小心翼翼把尸体掩埋了。

僧人解释道，那具海滩上的女尸，就是你未婚妻的前世。你是第二个路过的人，曾给过她一件衣服。她今生和你相恋，只为还你一个情。

但是她最终要报答一生一世的人，是最后那个把她掩埋的人，那人就是他现在的丈夫。书生大悟，病愈。

这个故事告诉我们，人世间每一次相遇，都是前世修来的缘分。每一次相遇，都恰逢其时。用一颗感恩的心去善待你爱的，或者爱你的人，蓦然回首，一切都是美丽的回忆。

女孩的心事

隰桑

> 隰桑有阿，其叶有难。既见君子，其乐如何！
>
> 隰桑有阿，其叶有沃。既见君子，云何不乐！
>
> 隰桑有阿，其叶有幽。既见君子，德音孔胶！
>
> 心乎爱矣，遐不谓矣？中心藏之，何日忘之！
>
> ——《小雅·鱼藻之什·隰桑》

曲小静读高中的时候，遇到一个男孩，她说第一眼就喜欢上了。

她一次又一次观察男孩，大眼睛扑闪扑闪，好似挂着露水的菠菜。男孩很和善，每次见到她，都会露出白得不像话的牙齿，似是打招呼，又似含蓄表白，好像又什么都不是。

这种若隐若现的感觉，一直到高考结束。曲小静想告诉他的时候，却发现燕子东南飞，她和他已经成了时空中平行的两道线，再无交集。

曲小静懊恼得连连跺脚，这件没有说出口的爱情，藏在内心深处，在以后的生活中时不时爬出来，扯扯她的心脏，揪揪她的脑海，疼，痛。究竟啥滋味，自己也说不清楚。

曲小静的爱，和《诗经·隰桑》有异曲同工之效。

远古时的女孩，看见洼地上桑林枝叶茂盛，浓翠欲滴，婀娜多姿，美极了。稠密茂盛的桑树林，正是情人们约会的场所，女孩触景生情，想到心爱的人，按捺不住心头一阵狂喜，一阵冲动。她设想，如果见着自己心爱的人，那种快乐真是无法言说。

越想越出神，也越入迷，竟如醉如痴，似梦还醒，已完全沉浸在情人会面的欢乐之中，仿佛耳际听到他软语款款，情话绵绵、这种甜蜜的轻声耳语，如胶似漆的恋情，叫她难以自拔。

然而，这么美好的情景，却是女孩幻想出来的。当她清醒后，又害羞了，不知道该怎么向心爱的他表达。

这是一种矛盾复杂的心情。我仿若看到一位女孩，伫立在嫩绿的桑叶中，低着头，绞着手指，眼睛纯如水，脸红似晚霞，青丝披肩，娇俏可人。

是单相思吗？我以为不是。

俗话说"男追女，隔座山，女追男，隔层纱。"我想，这么美好的女孩，没有男子会不喜欢。有时候，缺少的只是一个契机，假如女孩稍微大胆一点，定能收获她完美的爱情。

或者男孩猛然开窍，发觉自己喜欢女孩，主动一点，一切就水到渠成了。

诗歌最后，女孩也说了"中心藏之，何日忘之"。相信总有一天，这颗爱情种子定会像"隰桑"一样，枝盛叶茂，适时绽放美丽的爱情之花，结出幸福的爱情之果。

当年的曲小静如果稍微大胆一点，在毕业前夕告诉男孩，那么故事可能会是另外一个结果。因为太含蓄，错过一辈子。

曾经看过一篇文，三个男孩喜欢一个女孩，他们是好朋友。女孩对三个男孩都有好感，一直取舍不定。有一天，她要离开那座四个人都在的城市。火车开动的一刻，她说，如果现在谁跟我一起走，我们就……

第一个男孩说，啊，太急促了，能不能容我想几天……

第二个男孩说，啥都没有准备，工作没辞，行李没收拾……

第三个男孩，看看隆隆响动的火车，没有做任何思考，毅然跨上了启动中的火车。

站台上两个还在犹豫的男孩，一抬头发现火车内已经跑到女孩身边的男孩。女孩扑在男孩怀里，两个人对着车窗外的他们招手。这两个被筛选掉的男孩，顿时懊恼不已。

爱情从古至今，都是一朵盛开的花，等待有缘人来采撷。

记得去年秋天的一个上午，和同事去农庄拍粉黛草。

在簇簇粉红的花海里，一男一女正聚精会神地拍照。女孩不停地转换姿势，男子手托相机，快门"咔嚓、咔嚓"。

偶尔停下来，女孩依在男子身边，似是看相机里的照片，又似依偎着男子撒娇。

男子笑眯眯地看着女孩，一脸宠溺的表情。那一刻，我感觉世间万物都失了颜色，唯有爱情的花朵，充盈四野。

尽管我们只是巧然而遇的过客，但是女孩的倾城一笑，男子的体贴温柔，都化为柔软的文字，被我书写进不朽的纸张。那就是爱情的味道。

堂姐长我一岁，读书的时候在她宿舍蹭睡很多天。由于太多原因，她没有读完初中便辍学了。

二十岁相亲，认识了比她大三岁的男孩。有一次碰到她，说起男朋友，她羞得满脸通红，和她家屋后的虞美人花一样，缤纷成各种颜色。

她说相亲时，心像小鹿一般，跳得控制不住。他傻呆呆地说她真好看，和花一样。

没有更多甜蜜的话，就那么一句，便让她芳心暗许，后来共结连理。

如今，时代发展得快，男孩和女孩的恋爱也丰富多彩，城市有城市的繁华，乡下有乡下的质朴。

霓虹灯下，绿荫树下，男子俊俏，女孩貌美。大胆的爱、尽情的爱不再是《诗经》里的神话了。

爱情，是篇写不完的文章，也是流传千年的经典。草木可解，风月不可解，我读得懂山水，却抒不完爱恋！

杜秋娘诗曰："花开堪折直须折，莫待无花空折枝。"千年里，红尘中，愿君多珍重，切莫错过。

愿世间的爱情，
都能长相厮守

采绿

终朝采绿，不盈一匊。予发曲局，薄言归沐。

终朝采蓝，不盈一襜。五日为期，六日不詹。

之子于狩，言韔其弓。之子于钓，言纶之绳。

其钓维何？维鲂及鱮。维鲂及鱮，薄言观者。

——《小雅·鱼藻之什·采绿》

绿，植物名，又名王刍。花色深绿，古时用它的汁作黛色着画。

于是，从字面上理解了《采绿》的含义。一个女子在广袤的田野，采一种可以作画的植物。

尽管她两只手忙着采绿采蓝，却心手不一。心不在焉，自然难以采满一筐。

她起身，一只手碰到头发，却发现"予发曲局，薄言归沐"。头发乱糟糟的啊，得赶紧梳洗梳洗，自从他出门后，就没有好好打扮自己了，约好五天就回来的，现在归期临近，就要见到的巨大惊喜笼罩着她，一颗心又是紧张，又是欢喜。

人常说一句话："小别胜新婚。"意思是说和自己相爱的人分开一段时间，回来后那一刻的感情，会比新婚还要好。毕竟一段时间的思念后，再度相见，心中的爱，心中的话，还有浓浓的思念得到了淋漓尽致的宣泄，这个时候的幸福胜过新婚之夜！

古时采绿的女子，用一首《采绿》把思念写得深入骨髓。令每一个读到此诗的女性读者感同身受。

许多年前，沿海开发，打工从此成为乡村的主题。

成年男子纷纷外出求取财富。妇孺留守家中，尽管新时代的女性不用再染布做衣，但是基本农活还是要做的。

长久劳作，让留守家中的女子们生出诸多怨言，但是又不得不接受这种两地分居。生活好像一下子变得苦涩，爱情被拉长了距离，思念成了远方。

有一年回老家，在堂嫂家玩，堂嫂嗓门大，说话直来直去，她说虽然以前日子过得紧紧巴巴，没有多少钱花，但是堂哥在家，重活全做了。她觉得日子很幸福。

如今手头花销虽然不紧张，可是种地收麦，推拉肩抗，啥都得自己干，农忙季节，浑身累得一摊泥，连吃饭的力气都没有。几天过去，人瘦一圈儿。

情感方面也是，腻在一起的时候，不觉得多好，分开了才发觉精神空荡荡的，日子空虚无聊。说白了，也是生理方面的问题。

堂嫂说的那些，我懂，可是在生活大趋势的压力下，似乎大家过得都是这样。有时候，沿着村中的路，感觉庄稼也在寂寞着，少了男人的村庄，平静得像一湖水。

梁鸿的《中国在梁庄》一书，真实地诠释了当代农村现象，空虚的村庄、空虚的女人、空虚的老人，这种空虚在日久年深中，引发许多后续问题。

比如一些年轻的夫妻，在离别的光阴中，遏制不住旁人的诱惑，发生婚外恋，最终感情破裂、家庭离散。再婚后，后妈对孩子不好，虐待事件层出不穷。

追根到底，到最后受苦的却是无辜的孩子。生活的循环中，是起起落落的人生，这个大舞台，爱情是营养，也透着无奈。

当然，更多夫妻，还是能坚守一份情感，为了巩固爱情，享受家庭的幸福，于是，每到国家法定假期，村庄就热闹起来。

特别是过大年，为了迎接远在他乡、即将回归的男子，梳妆打扮，清扫家庭卫生，这个时间是爱归期的临近，也是情感碰撞的燃火点。

相比较而言，那个采绿的女子很幸福，她的丈夫于约定的日子回来，她欢喜得紧。

而后，朴素的日子里，他狩猎，她跟随；他捉鱼，她织网，夫唱妇随，倒是应景了黄梅戏中的"你耕田来我织布，我挑水来你浇园，夫妻恩爱苦也甜"。

或许，就是鉴于《诗经》的爱情，如今，地方政府鼓励年轻人回乡创业，不仅改变生活，也能守候爱恋。

岁月中，我们需小心翼翼蹚过情感的河流，不能碰上一块坚硬的礁石，溅起一朵不应当溅起的浪花。

海誓山盟，既有重若泰山，也有轻如鹅毛。

宝玉说"弱水三千，只取一瓢"。对于普通儿女，但求眼前有一人，知冷知热，清甜宜人，足矣。

琴瑟和谐，
鸾凤和鸣

女曰鸡鸣

女曰鸡鸣，士曰昧旦。子兴视夜，明星有烂。将翱将翔，弋凫与雁。

弋言加之，与子宜之。宜言饮酒，与子偕老。琴瑟在御，莫不静好。

知子之来之，杂佩以赠之。知子之顺之，杂佩以问之。知子之好之，杂佩以报之。

——《国风·郑风·女曰鸡鸣》

从前，天刚蒙蒙亮，我妈便扯着脖子，喊我爹起来去地里干活，说除草得趁凉快。

我爹生性懒惰，赖在床上不起。喊一遍，又喊一遍，最后喊得快要发火，我爹才慢慢吞吞起来，极不愿意地扛着锄头下地了。

这样的日子见多了，便见怪不怪习以为常。我妈喊成了惯性，我爹懒成了惰性，日子在这样的喊声中，也是温暖。

没想到的是，如今农村家家户户都有的场景，在千年前，就是一道闪亮的诗歌。

女子说，鸡叫了，该起床了。

男子还想睡觉，说，你推开窗户看看，还满天星光呢！

女子是执拗的，她想到丈夫是家庭生活的支柱，便提高嗓音提醒丈夫担负的生活责任："宿巢的鸟雀将要满天飞翔了，整理好你的弓箭该去芦苇荡了。"口气是坚决的，话语却仍是柔顺的。

读到这样的诗句，如同看到寻常百姓家的生活。不管是从前的打猎，还是近代的农耕，抑或是现代的科学种植，都向我们展示了夫妻之间的相处之道。

徐琰的《青楼十咏言盟》："结同心尽了今生，琴瑟和谐，鸾凤和鸣。"

《诗经·女曰鸡鸣》，便是琴瑟和谐的最好写照。

男子在女子不断的催促中，整好装束，迎着晨光出门打猎时，女子又自责了，对自己的性急产生愧疚，便半是致歉半是慰解，面对丈夫发出一连串的祈愿：一愿丈夫打猎箭箭能射中野鸭大雁；二愿日常生活天天能有美酒好菜；三愿妻主内来夫主外，家庭和睦，白首永相爱。

男子有如此勤勉贤惠、体贴温情的妻子，感觉特别幸福。于是，把佩戴的玉佩赠送给女子，以此表达对女子满满的爱。"琴瑟在御，莫不静好。"也许用这八个字来诠释他们的甜蜜、美好。

远古时的婚内爱情，莫不让大家艳羡不已。

最近看到一篇文章，说高考过后，民政局门口扎堆离婚。

在这些离婚的夫妻中，各种原因归类后，无不是没有感情了。感情是个什么东西，看不见，摸不着，却左右着我们的人生。

在婚姻中，柴米油盐酱醋茶，逐渐磨平最初的爱情，每一对离婚的夫妻，经历了磨合三年、七年之痒，却没有将爱情进行到底，在孩子刚刚走出高考的考场后，便再也不愿委曲求全，于是，离的离，散的散。

总结种种后的结论，婚姻永远不是一个人的战场，在这个方寸内，两个人的相处便至关重要。

对我印象最深的一个人，是三婶。小时候，她雄霸全村，和奶奶吵架，几天几夜都不带歇气的。就是这么一个大家都不怎么喜欢的人，却勤快得要命，家里拾掇得干干净净，庄稼收成在村里也数一数二。

那么暴脾气的一个人，对三叔却挺好。或许，在几十年的光阴中，三叔也曾想过离婚，可是面对三婶负了全村却没有负他的感情，终究没有绝情地与她分手。

别人都不看好的家庭，他们却经营得有滋有味，孩子们考上大学，成了村里最有出息的几个之一。

单位同事，年轻的女子，好几次都噙着眼泪，一个人哭得伤心。

我问怎么了。她说家里的事儿。

家里的事儿。几个字，似乎在说婚姻的不易，在这个空间内，总有一些不和谐的因素，或是孩子淘气，或是婆媳不和，或是其他，夫妻会吵会闹，哭过之后，日子还得一天天过。

闺蜜小我一岁，前几天还给我诉苦，说他们夫妻俩又打架了。她撸起袖子，我看到她胳膊上青一块紫一块，疼得我直咧嘴。

说起来他们夫妻，也是奇葩的一对，几十岁的人了，张嘴闭嘴都骂人，儿子上大学了，还是谁也不肯放过谁，宁愿你死我活地打骂，也不愿意退一步海阔天空。

我曾经劝闺蜜，放手吧，与其这么痛苦，何不放对方一条生路。她看外星人一样看我，说离婚多丢人。

我不懂，离婚丢人吗？痛苦得都想自杀了，还在乎所谓的面子。

面子能当饭吃吗？

她说不管怎么样，这样还是一个完整的家。

我想了很久，或许，吵架打骂也是夫妻相处的一种，只是我不懂而已。

就像《诗经》中的夫妻，他们也和众多的烟火夫妻一样，在女子喋喋不休的催促中，男子出门打猎，用以养家糊口，女子做饭洗衣，料理家务。在日复一日的生活中，白首到老。

世间夫妻，莫不如此，珍惜当下，以为最真。

白蒿的
春天

采蘩

于以采蘩？于沼于沚。于以用之？公侯之事。

于以采蘩？于涧之中。于以用之？公侯之官。

被之僮僮，夙夜在公。被之祁祁，薄言还归。

——《国风·召南·采蘩》

蘩，皤蒿。又，蘩之丑，秋为蒿。《尔雅·释草》。今苏俗谓之蓬蒿菜，叶似艾，粗于青蒿，白于众蒿，可为菹。

在故乡，这种类似艾蒿的草，漫山遍野都是，因它有一股气味，割草的人都不待见它，所以任其自由生长，以至于越来越多，越来越稠密，哪哪都是。

我们把这种可以祭祀鬼神的蘩，称为"白蒿"。

白蒿，根系发达，深藏于土层的根，在春风的抚摸下，叶子呼啦啦冒出地面，主根深入土层，侧根和不定根很多，叶子像盛开的菊花，又像不规则的羽毛，乍眼一看，白乎乎的，呈绒毛状，似乎附着一层浅浅的白毛。

白蒿花冠狭圆锥状，花柱线形，略伸出花冠外；两性花多层，花冠管状，花药披针形或线状披针形，上端附属物尖，长三角形，基部有短尖头，花柱与花冠等长，先端叉开，叉端截形，类似睫毛。

白蒿的果子，一直不在意，如今想来，竟是毫无印象。

儿时和伙伴们一起割草，白蒿没人割，偶尔兴趣来了，割一把拿回家，扔在厕所里，祛除苍蝇和蚊子。

读到《采蘩》，仿若看到诗人，拿着工具，沿着地埂忙着，采完一片，紧忙再找一片。

蘩很多，沟沟坎坎都是，诗人忙坏了，额头有汗，可是还得继续干活，没办法，祭祀是大事，不能耽搁。

不仅要采蘩，还得整治祭具、设置祭坛，事情太多。

在忙碌的劳作中，诗人还不厌其烦、层次井然地叙写祭品、祭器、祭地、祭人，将繁重而又枯燥的劳动过程描写得绘声绘色。让后世的读者了解到当时的风尚习俗。

在故乡，也有祭祀的习俗，一般都是传统节日。比如清明节，上坟烧纸，祭祀祖先。

习俗特色比较浓郁的是端午节，除去划龙舟、吃粽子，和《诗经》类似的是插艾蒿，乡村的人们，在端午节来临时，去地埂上割一些艾蒿回来，插在门框上边，说是辟邪。

许多年前，我在浙江务工，南方人讲究民间祭祀，各村、各家族都有祠堂，祠堂门楼高大，雕梁画栋，室内墙壁上，绘满吉祥图案。

有神话中的仙人，也有历史中的人物，种种类型，看一眼再难忘记。

初一、十五，或者谁家有什么事情，祠堂内香火缭绕，磕头跪拜，好不热闹。

家庭祭祀更多。印象最深的是最初租房子的一家，一座三层楼房，我们租住的是一、二层，第三层空置着。

有一次，我闲来无事，趁房主没在家，偷偷跑到三楼，推开门一看，吓得后背发凉，赶紧退回来。

一间屋子，正中间挂一张画，画像可能是这家人的祖辈。在画像下边，摆放好多牌位。蜡烛，香火，一直在燃着。

身为北方人，那是我第一次看到祭祀的牌位，心里咚咚直跳。

后来在南方待久了，这种事就见怪不怪了。台风季来临时，老太太们提着篮子，在河边，大树旁上香，也是经常见的镜头。

近年，国家提倡德育，北方也开始兴起祭祀、修家谱了。

日子，似乎在回归，家族观念也越来越强后。人们开始追求返璞归真的田园生活。街头常常看到提着篮子叫卖的大妈，里边装着鱼腥草、茅草根等一些常见的中药材，也是可以食用的野菜。

野菜，野草，进入视野，且卖得极好，似乎在和远古靠近。

不管是远古的采蘩，还是当代的祭祀，无不反映了人们对美好明天的期盼。

而今，乡间蘩更多，却是充分佐证了生态环境得到有效保护，植物们不再受到污染，又能焕发勃勃生机了，这是人类之幸，也是地球之幸。

他山之石，可以攻玉

鹤鸣

鹤鸣于九皋，声闻于野。鱼潜在渊，或在于渚。乐彼之园，爰有树檀，其下维萚。它山之石，可以为错。

鹤鸣于九皋，声闻于天。鱼在于渚，或潜在渊。乐彼之园，爰有树檀，其下维榖。它山之石，可以攻玉。

——《小雅·鸿雁之什·鹤鸣》

在广袤的荒野里，诗人听到鹤鸣之声，震动四野，高入云霄；然后看到游鱼一会儿潜入深渊，一会儿又跃上滩头。再向前看，只见一座园林，长着高大的檀树，檀树之下，堆着一层枯枝败叶。园林近旁，又有一座怪石嶙峋的山峰，诗人因此想到这山上的石头，可以取作磨砺玉器的工具。

于是，有了这句经典得不能再经典的"他山之石可以攻玉"。

在这首诗里，我读到了诗人丰富的才情，看到一幅远古诗人漫游荒野的图画。这幅图画，有色有声，有情有景，也充满了诗意，读来不免令人产生思古之幽情。好似跟着诗人畅游一番，听到清脆的鹤鸣声，鹤啊，那是神话小说中才有的灵物，真是让人羡慕得紧。

这就是诗的魅力了，一两句话就把读者带进艺术的氛围中，让每个读者产生无穷兴趣，在朦胧的幻觉中追寻一场梦里的欢欣。

最重要的还不是景物的美，而是这句"他山之石可以攻玉"，让我想起一件事。前几天在某一所中学给孩子讲怎么写作文。下课后在老师的办公室喝茶，不经意扭身，发下一个孩子蹲在地上，正聚精会神听我们几个聊天。

我满是好奇，问他怎么蹲在这里？犯错了？

那孩子也实诚，直接点头，说是。

我问犯什么错了？他说打架。

打架啊，我惊讶地重复一遍，并且翘起大拇指说，很棒啊，都能打架了，有没有把人家打伤，控制好力度没有，要是打伤了，可是要给人家治伤的。

他抬头看我，腼腆地笑。长长的睫毛一闪一闪，眼眸深处有掩饰不住的惭愧，害羞地说，没有打伤呢，以后不打架了。

我笑，他也笑，像是不言而喻，却又非常默契的一个笑。我把自己随身带的书签写上名字，送给他一本，并且一再强调，以后不能打架了。

也许因为和我交谈得好，他也随心随意了，不再蹲在地上，而是搬过一把椅子，很气派地坐在旁边，与我侃侃而谈。另外一个老师看到，说这是受罚还是做客呢，吓得他赶紧又蹲在地上。

我坏笑不已，像是看到了被捉到的小偷。离去的时候，他和我说再见，一脸幼稚的笑。

几天过去了，没有再问那个孩子的事情。

人在旅途，总会遇到形形色色的人，或男，或女，或老，或少，就像碰到开花的草、结果的树，闻一闻，听一听，成为生命中的馨香。

却是希望，我这块他山之石，能攻克那块璞玉，用浅浅的交谈帮助犯错的孩子，如果他就此能立下雄心壮志，奋力拼搏，走一条更为宽阔的路，岂不更好。

如果不能，我也希望那天的际遇，给孩子留下一段经历，这世上到处都充满爱，只要敞开心扉，就能发现。犯错不重要，重要的是知错就改，他能坦然认识到自己的错误，就是一个值得表扬的孩子。

送他一本书，愿他永远谨记，犯错的一天，其实也是明媚的一天。

或许，这也是《诗经》传承几千年，仍深受读者喜爱的原因，一句话，一个字，就能带给读者无尽联想。凡人故事、山野植物、亭楼阁宇、雾霭星辰，世间之物，皆包括其中。